KB092662

어느 날의 나

이주란

어느 날의 나

이주란

소설

PIN
042

차례

10월   9

11월   50

12월   90

작품해설   118

작가의 말   130

PIN

042

어느 날의 나

이주란

10월

1

모르는 사람들이 내게 괜찮다, 말해주네.

집에 돌아오니 언니의 방문 앞에 이런 글귀가 쓰인 진노랑 포스트잇이 떨어져 있었다. 어쩌다 여기까지 굴러온 모양이다. 누군가 언니에게 괜찮다고 말해주었구나, 안도하는 밤. 어쩌면 언니가 쓴 소설의 한 문장일지도 모르겠다. 문틈 새로는 작은 빛도 비치지 않았다. 나는 포스트잇을 주워 언니의 방문에 다시 붙였다.

3년 전이었던가. 이런 글을 쓰기 시작한 게. 처음엔 살기 위해 썼는데 이제는 좋아서 쓴다. 좋아서 쓰고, 언제든 쓰기 싫어지면 쓰지 않을 것이다.

언니와 같이 산 지는 1년이 다 되어간다. 어제는 언니의 동생이 처음으로 우리 집에 왔다. 왜 이러고 살아? 언니의 동생은 들어오자마자 그렇게 말했고 순간적으로 불쾌했는데 뭐라고 하지 못하고 가만히 있었다. 근처 카페로 가자는 언니의 말에 카페가 있기는 하고? 비아냥댔다. 나도 모르게 따라 웃다가, 웃으면서 알았다. 또 은근하게 불쾌하다는 걸. 실제로 근처에 카페가 너무 많기도 했고 그 말의 속내가 빤히 느껴져서 금세 웃음을 멈추고 인사를 건넸다.

안녕하세요.

유리랬나? 88년생이라 들었는데?

네.

아, 나 88년생이랑 진짜 잘 맞아.

언니의 동생이 말했다. 언니의 동생과 잘 맞을 생각이 없는 88년생이지만 나는 잠자코 있었다.

언니가 다시 동생에게 나가자고 했을 땐 귀찮다며 그냥 아무거나 마실 것을 달라고 했다. 그리고 냉동실에 1년은 박혀 있었을 것 같은 떡과 빵, 고기 등이 든 종이봉투를 내려놓았다.

언니, J 알지? 이거 J가 준 건데 너무 맛있어서 언니 주려고 안 먹고 뒀던 거야. 녹여서 먹어.

언니는 동생을 자기 방으로 데리고 들어갔다. 방에서 두 사람이 나누는 이야기가 간간이 들려왔다. 동생은 언니의 안부는 묻지 않고 부모님과 J의 험담을 늘어놓았다. 말솜씨가 있는 듯했다. 난 내 방으로 들어왔다.

언니, 세상에 언니 걱정하는 사람 나밖에 없을 걸. 저 여자도 너무 믿지는 마. 언니가 착각하는 것 같아서 하는 말이야. 세상에 좋은 사람 별로 없어.

언니의 동생은 이렇게 덧붙인 뒤 집으로 돌아갔다. 비닐백에 담긴 음식들을 종이봉투에 넣어온지라 돌아갈 때는 빈손이었다. 동생이 가고 언니는 그것들을 꺼내 버렸다.

언니, 동생분한테 잘못한 거라도 있나요?

글쎄.

이걸 전부 버리게요?

버릴래.

2

가위에 눌렸다. 밤을 샌 것처럼 피곤한 몸으로
방문을 열었다.

뭇국 하셔요?

물었더니,

엉망이지?

되물었다. 잘린 무의 크기는 모두 제각각이었
다.

아뇨, 크기가 다 다르면 어떤가요.

했더니,

아냐. 크기가 일정해야 익는 속도도 같고, 그래
야 식감이든 간이 배는 것이든 같아지잖니. 음식
의 기본이 바로 재료를 일정한 크기로 준비하는
거거든. 이거 집어 먹었는데 짜고 저거 집어 먹었
는데 싱겁고 그럼 안 되잖아.

언니는 진지하게 말했지만 그렇게 말하는 와중에도 썰린 무의 크기는 모두 달랐다.

흰머리가 잔뜩 나는 꿈을 꿨어.

무를 다 썬 언니가 우리가 가진 가장 깊은 냄비에 참기름을 붓고 고기를 넣어 볶으며 말했다.

그래요?

무슨 꿈일까 궁금해서 검색을 해봤는데 온통 안좋은 얘기뿐이라 말하지는 않았다.

어떤 꿈이래?

아, 아뇨. 날씨 검색해보고 있었어요.

다행히 언니는 더 묻지 않았고 국을 끓였다. 고기를 볶고, 무를 마저 넣어 볶았다. 나는 옆에 서있다가 유산균 하나를 꺼내 먹었다.

맞다. 파가 없는데.

마늘 있으니 파는 없어도 되지 않아요?

안 돼. 파 없이 고깃국을 먹으면 사람이 미친대.

네?

그런 말 못 들어봤어?

미치지 않기 위해서는 파가 있어야 했지만 아무도 슈퍼에 가지 않았다. 파 없는 소고기뭇국에 밥을 먹고 외출 준비를 했다.

오늘은 나의 휴무일. 휴무는 이틀이고 그중 하루는 일주일에 한 번 절이나 교회, 목욕탕에 가듯 전에 살던 동네에 간다. 그냥저냥 아픈 사람도 많고 나이 든 사람도 많은 시골 동네다. 강수확률이 30퍼센트라 작은 우산을 챙겼다. 동네에 도착해 버스정류장 앞에 있는 슈퍼에서 바나나우유를 사먹었다. 빨대를 깜빡해 질질 흘려가며 우유를 마시며 살던 집 쪽으로 걸었다. 집까지 걷는 길엔 산산한 바람이 불었다. 할아버지 여섯 명이 모여 앉아 바둑을 두는 광경을 보았는데 두 분이 바둑을 두고 네 분이서 바라보는 식이었다. 어디선가 듣기로, 친구랑 노는 것이 장수비결이라고 한다.

할아버지들을 지나쳐 얼마간 더 시골길을 걸었다. 빙빙 돌아갔다. 수도 없이 걸은 길이지만 점점 낯설어지고 있다. 그렇지만 이제는 그 낯설음에도 익숙해지는 중이다. 그곳에 도착하면 나는 할머니와 살던 집의 창문과 전체 건물 외벽을 살피고 집

뒷쪽까지 한 바퀴를 돌며 할머니, 나 왔어, 하면서 그간 있었던 일이랄지 하고 싶은 말들을 조금 한다. 다른 집들의 안부를 묻고, 앞으로의 안위까지 비는 것으로 짧은 여정을 마무리한다. 내가 살던 방을 보고 싶지만 지금 살고 있는 사람에게 실례일 것 같아 그냥 전체를 본다. 이 집에 대한 익숙함이 점점 옅어지고 있다는 걸, 올 때마다 느낀다. 전엔 할머니는 여전히 이 집에 계실 것 같고, 나만 멀리 떨어져나온 것 같았는데 요즘엔 할머니가 지금 나의 집에 같이 있는 것 같은 마음도 든다. 떠올리면 언제든 내 곁에 있는 것처럼.

안녕하세요?

알은체를 했더니 주인아주머니가 다가오셨다. 마치 숨어 있었던 것처럼 건물 뒤에서 나오셨다. 거긴 아무것도 없는 곳인데 무얼 하고 계셨던 걸까. 내가 하도 오니 이제 아주머니는 놀라지도 않는다.

왜 거기 계셨어요?

아니, 그게 아니라…….

아주머니는 마치 국가 기밀이라도 전하듯, 갑자기 목소리를 낮췄다. 아무것도 아닌 것은 없지만 늘 '아니, 그게 아니라'로 이야기를 시작하시는 아주머니. 요지인즉, 303호 전기계량기 숫자를 잘못 적어 다시 적어야 하는데, 다시 그 집 문을 두드리기가 미안해서 나올 때까지 기다리고 있다는 얘기였다.

네? 언제 나오실 줄 알고요?

언젠가는 나오겠지.

제가 가서 노크해드릴게요.

아냐, 바쁠 텐데. 그리고 미안해서 못 두들겨.

미안해도 얼른 다시 재는 게 낫잖아요.

괜찮아. 기다리면 돼.

안 돼요. 날도 조금 흐린 것 같고요.

짧게 하늘을 올려다보자 아주머니도 나를 따라 하늘을 보았다.

점심은 드신 거예요?

아직.

아니, 밥도 안 드시고? 오늘 안에 안 나오시면 내일 또 나와야 하잖아요.

또 나오지 뭐.

노크하고 계량기 다시 보는 데 5분도 안 걸려요. 제가 공손하게 할게요.

진짜 괜찮아.

대체 언제부터 나와 계셨던 걸까. 그때 옆 건물에서 아주머니 친구분이 나와 거들지 않았다면 아주머니는 종일 나왔다 들어갔다 하셨거나, 다음 날 다시 나오셨을까. 친구가 장수비결 중 하나라는 게 확실해졌다.

아니 그래, 무슨 일이야?

상황 설명을 들은 옆 건물 아주머니는 순식간에 나와 아주머니를 몰고 건물 안으로 들어갔다. 메모지는요? 물었더니 벌써 303호 문 앞에 가져다 뒀어, 아주머니께서 말씀하셨다. 나는 303호 문을 두들기며 할머니, 계세요? 뭣 좀 여쭤볼게요, 한껏 다정한 목소리를 내보았다. 곧이어 303호 할머니가 나오셨고 나는 아주머니 입가에 미소가 번지는 것을 놓치지 않았다. 안심을 하고 아주머니에게 자리를 비켜드렸다.

아니, 그게 아니라 아까 이거 계량기 숫자를 잘

못 적은 거야.

그랬어? 다시 적어.

쉬고 있을까봐 미안해서 한참을 기다렸네.

왜 그랬어.

응?

왜 그랬냐고.

아니 나는…….

의자 필요하지?

아니, 여기 아가씨가 봐주면 돼.

두 분이 조우하시는 걸 보고 계단을 내려가던 나는 그 말에 얼른 다시 303호 안으로 들어갔다. 의자는 없어도 괜찮았다. 까치발을 하고 숫자를 불러드렸다.

9673입니다.

아유, 나 정말 너무 고마워.

아니에요. 가보겠습니다.

사람들은 그렇게 살고 있었다. 아직 비는 내리지 않았고 버스정류장에 있는 『교차로』 보관함은 텅 비어 있었다. 나는 아쉬운 마음을 뒤로한 채 바로 오는 버스를 타고 창밖을 내다보았다. 도의 경

계에서 갈아탄 버스 창문에는 '날 찾았나? 내가 탄
이 버스에 신의 가호가 따른다!'라는 문구가 적혀
있었다. 신의 가호? 어떤 게임에 등장하는 쿠키가
한 말이라고 한다.

현관문 앞에는 언니의 친구가 보낸 파 키트가
와 있었다. 엄청난 배송 속도다. 파 없이 고깃국을
먹으면 미친다는 이야기를 언니는 그 친구에게 들
은 거라고 했다. 우리는 종교는 없고 이제 다음 달
이면 11월이고, 그냥 사 먹으면 되는 건데 이렇게
까지, 하고 생각했지만, 역시 고마웠다.

뭐, 나의 파 소유 여부까지 걱정해서 보내줬다
기보다는, 파가 없는 사람한테 자기가 파를 넣지
않으면 미친다는 애길 했으니까 일종의 책임감을
느꼈다고 해.

친구에 대한 언니의 설명. 조금 이상하지만 고
맙고 섬세한 사람일지도 모르겠다고 생각했다.

이런 건 텔레비전에서 많이 봤어. 이렇게 재배
해 먹으면 더 오래 먹을 수 있겠다.

언니가 키트를 해체하며 말했다. 나는 언니를

도왔다.

올해가 두 달밖에 남지 않았다는 게 정말 믿기지 않아.

맞아요.

언니는 내년에 서른아홉이 된다. 언니와 스티로폼 박스에 흙을 붓고 파를 옮겨 심으며 시간에 대해 이야기했다. 지나온 시간에 대해서. 미래의 시간에 대해 말하는 것은 쉽지 않은 일. 지난 시간들에 대한 얘길 하는 틈틈이, 아무리 생각해도 사 먹는 게 나았을 것 같은데, 생각하며 잠자코 바닥에 떨어진 흙들을 치웠다.

흙.

흙이다. 내 눈 밑의 점만큼이나 아니, 그보다도 작은 흙 알갱이들을 검지로 찍어 모았다. 왼쪽 눈 밑의 점은 행운점이라는데 내 점은 오른쪽 눈 밑에 있다. 그러려니, 하면서 열심히 떨어진 흙들을 치웠다. 흙들은 내 지문 사이에 끼어 빠지지 않기도 했다. 아무래도 사 먹는 게 합리적인 일 같지만 언젠가 돌이켜 보면 소소하지만 무척이나 좋았던 기억으로 남을 것 같았다. 흙을 찍어 모으다 보니 그런 생각이 들었다. 인생이 합리적이기만 하면 재미가 없어질 것이다. 이상한 일들이 특히 기억에 남는걸 보면.

그리고 역시, 미래에 대해 말하는 것은 어렵지만 다시 파를 심을 일은 없을 것 같다. 살면서 500회 넘게 파를 사봤지만 심은 건 처음. 500회라는 숫자는 그냥 나온 건 아니다. 대략 열 살 때부터 3년 전까지 장을 보고 밥을 지어왔으니 그 정도 될 것 같다. 파를 산 것을 한 달 평균 2회라고 했을 때 600번. 최근 2년 정도는 파를 사지 않은 적도 있었고 왜인지 적게 말하면 적게 말했지, 과하게 말하고 싶지 않아 100회쯤 낮춰 말했다. 지나간 불행을 조금 줄여본다. 내게는 전부였던 무거운 기억들이 조금 가벼워지는 기분. 언니의 표정은 무척이나 담담하지만 그 앞의 나는 흙을 치우며 그런 생각들을 하고 있었다. 어느 날의 나는 내 눈 밑의 점보다도 작아 꼭 세상에 없는 것 같았다고.

파 재배 준비를 마친 언니가 손을 씻고 방으로 들어갔다. 열린 문틈으로 늘 듣는 음악이 흘러나왔다. 나도 내 방으로 들어왔다. 언니의 방은 내가 창고 용도로 사용하던 거라 방 같지는 않다. 쓰지 않는 물건들을 둘 곳이 마땅하지 않아 창고로 썼더니 정말 창고처럼 되어버렸다. 거실이라고 부를 만한 공간은 없는, 작은 방 두 개짜리 집이다. 원룸이 아닌 것이 다행이긴 하지만 막상 언니의 방을 보면 에이, 이 정도면 괜찮은데? 그런 말은 나오지 않는다. 하지만 언니는 그 방에서 군말 없이 지낸다. 두 평이 조금 안 되는 크기에 옷장과 수납장, 여름이 지나면 치워둬야 할 선풍기, 겨울에만 사용하는 전기장판, 전에 사귀던 사람이 두고 간 기타 등이 있어서 언니가 실제로 사용하는 공간은 한 평쯤 된다. 딱 누울 공간 정도. 그 방에 있던 신발장을 밖으로 빼내면서 다른 것들도 어떻게 처분해보려고 했지만 여의치 않았다. 들어올 때 짐은 무척 적었으나 1년 새 늘어났다. 그렇게 이것저것 수납해야 했으므로 처분할 수 없는 가구들이기도 했다. 덕분에 나도 짐 정리를 조금 하게 되었다. 버릴 것이 많았다. 내 물건들이 있던 공간에 언니의 물건들이 들어와 합쳐졌다. 비슷한 것 같으면서도 다른 것들.

언니의 방엔 오후가 되어서야 햇살이 들어온다. 얼마 전 언니는 그 방에 커튼을 새로 사서 달았다. 그 커튼을 보면서 나는 언니가 참 언니 같은 커튼을 골랐구나, 생각했다. 언니 같은 커튼. 참, 커튼뿐만이 아니지. 언니의 모든 것은 언니 같다.

너도 커튼 새로 해.

저요?

응. 이거 6만 원.

두 시간쯤 커튼 사이트 이곳저곳을 돌아다녔지만 고르지 못했다. 나는 왜 커튼 하나 고르지 못하지? 나는 도통 내 취향을 모르겠다. 다음 날 출근을 해서 동료 영이 씨에게 전날 이야기를 했다.

하지만 분명히 유리 씨의 취향이 있을 거예요.

진짜 없는 것 같더라고요.

아녜요. 무언가가 있을 거예요.

그럴까요?

그럴걸요.

취향이 없는 사람도 있지 않아요? 전 진짜 없거든요. 그냥 하얀 거? 그게 제일 나은 것 같고…….

자신 없게 말했더니 하얀 게 왜요? 묻기에 그냥 깔끔하고 깨끗하고…… 얼버무리며 대답했다.

그게 유리 씨 취향이지요. 깔끔하고 깨끗한 것.

근데 저 청소하는 것은 싫어하는데요.

그건 다른 문제지요.

그런가요?

저도 청소는 싫어해요!

그렇구나!

네! 아무튼 대단히 엄청나게 독특한 것만이 취향은 아니라고 생각해요. 취향은 그냥 취향이죠.

우리는 청소를 같이 하며 이런 대화를 나눴다. 나는 그날 처음으로 앞치마에 가려진 영이 씨의 옷이나 신발, 시계 같은 것을 눈여겨보았다. 대체로 연한 빛깔을 가진 영이 씨의 물건들은 빛바래거나 오래된 느낌이었고 영이 씨에게 매우 잘 어울렸다.

너의 모든 것도 너 같아. 걱정 마. 유리 최고!

그날 밤, 톱스타인 친구가 내게 그렇게 말하며 가볍게 포옹해주었다. 나는 위안을 받았다. 꿈이었지만 벅찬 마음으로 이부자리에서 일어났다. 아무 일도 없는데, 아무 일이 있을 리 없는데 기분이 좋은 것이다. 사놓고 맞춰보지 않았던 복권을 확인했다. 할머니, 할머니. 내게 행복을 가져다줄 거지? 며칠 생각도 안 했던 할머니를 찾으며 번호를 맞춰보았지만 낙첨이다. 5천 원으로 살 수 있었던 것들이 자동으로 떠오르지만 괜찮다. 당첨이 될지도 모른다는 생각을 하는 동안 느꼈던 행복을 산 셈이라고 친다. 그런 행복은 내겐 주어지지 않을 것이므로 돈을 주고 살 수 있는 만큼 사면서 산다.

오후 출근이어서 오전 시간을 이용해 병원에 갔다. 동네에 있는 오래된 가정의학과다. 진료실은 하나. 일곱 사람 정도가 대기실에 앉아 있었다. 할머니 한 분이 진료실에서 나와 물었다.

이거 독감 주사 맞았는데 아프면 약 먹어도 돼요?

어떤 약이요?

열이 나거나 몸살이 나면 먹는 약.

지금 독감 주사 맞으셨잖아요.

내가 몸이 원체 약해가지고, 혹시 아플까봐.

아, 그러셔요? 괜찮으실 거예요.

아니, 아니.

주사 맞으셨으니까 괜찮으실걸요. 걱정 마세요.

괜찮을까요.

네. 아주 혹시 아프시면 약 한두 알 드셔도 되고요.

고마워요.

내 순서는 여덟 번째였다. 데스크와 이어진 작은 대기실. 텔레비전에서는 고혈압을 주제로 한 건강 프로그램이 나오고 있고 사람들은 모두 휴대폰 삼매경이었다. 한 남자가 전화 통화를 시작해 5분여 계속된 통화. 누군가와 운동 스케줄을 잡았다. 목소리가 무척이나 컸지만 아무도 뭐라 하지 않았다. 생계였어, 하고 생각했다. 고혈압을 신경 써야 할 조건에 나는 세 문항 정도 해당했다.

독감 예약하려고요.

한 남자가 들어와 말했다.

성함요.

장, 순 자, 희 자요.

아, 어머님.

네.

신분증이요.

여기.

아, 이거는.

아, 그거는 내 거구나.

대기하고 있던 아주머니 두 분이 웃기에 나도 조금 웃었고 웃음소리를 들은 남자가 뒤돌아보며 같이 웃었다.

여기요.

남자가 다시 어머님 신분증을 내밀었다. 남자는 다음 주 화요일 오전 열 시로 시간 예약을 하고 돌아갔다. 병원에 대해서라면 세 번, 어떤 말들을 기억하고 있다. 언제였는지는 잊었지만 그 말들에 관해서는 여전히 기억하고 있다.

아픈 것보다 더 아파 보여야 합니다.

지금까지 위세척 환자들 중에 1등입니다.

쓰러졌어야 정상인데 혼자 오셨다고요?

모두 다른 의사에게 들은 말들이다. 나는 저 말들을 좋은 말들이라 생각한다. 나쁜 일들이나 나쁜 말들은 기억에서 옅어지고 있으니까.

3

손톱을 깎고 방 안에 가만히 앉아 있는 오후. 미
지근한 맹물을 마시며 혼자 있다. 괜히 깎인 손톱
과 손을 바라다봤다. 조금 거친 손이지만 이 손으
로 살아간다는 생각이 든다. 언니는 전에 다니던
회사에서 하루만 도와달라고 해서 아침 일찍 입을
삐죽거리며 나갔다. 하루 아닐걸? 오늘 나가면 분
명 며칠 더 부탁할 거야. 하더니 두고 보자, 하며
나갔다.

[하루 만이었어]

언니에게 메시지가 왔고 나는 서랍에서 클레이
를 꺼냈다. 여름부터 시작한 취미생활이다. 왜인
지 그날 나는 퇴근길 버스에서 내려 집까지 걷는
동안 만나는 개들의 마릿수를 세고 있었다. 하나,
둘, 셋, 넷, 다섯, 여섯, 일곱, 여덟…… 아직 집까
지 반도 안 왔는데 여덟 마리를 만난 날이었다. 개

들은 모두 다른 모습으로 산책 중이었다. 여덟 번째 만난 개의 뒷모습을 바라보다 시선이 간 곳은 초등학교 앞에 있는 작은 공방이었다. 미술학원은 아니고 다양한 것을 만드는 곳 같았는데, 주말엔 도자기도 만들고 평일엔 종이접기나 클레이 아트도 한다는 안내문이 붙어 있었다. 자격증반 같은 것도 있었고 취미반도 있었다. 나는 유리 벽 안에 진열된 클레이 작품들을 구경했다.

안녕하세요.

네, 안녕하세요.

여기 성인도 받나요.

네, 성인도 받아요.

나는 출근 전 오전 시간으로 클레이 아트 수업을 신청했다. 선생님은 지금이 여름방학 기간이어서 수업에 초등학생들도 있는데 괜찮겠느냐고 물어왔고, 나는 괜찮다고 했다. 나로서는 오히려 아이들이 불편하지 않을까 걱정이 되었는데 선생님이 아이들과 부모님께 물어본 결과 다들 상관이 없다고 해주어서 같이 듣게 되었다. 단짝이라는 두 아이는 학교에서 반이 달라 쉬는 시간마다 만난다고 했다.

얘가 친한 친구 쓰는 칸에 제 이름을 써서 반이 갈린 거예요.

진짜야? 몰랐어, 난!

한 아이 말로는 친한 친구를 써서 내는 종이에 진짜 친한 친구를 써서 내면 다음 해에 다른 반으로 배정을 한다고 한다. 나로서는 그게 사실인지 아닌지 알 수 없었지만 신나게 말하는 그 아이의 목소리가 듣기 좋았다. 열 살이라는 두 아이의 클레이 아트 실력이 너무 좋아서 나도 모르게 멍하니 그 모습만 바라보기도 했다.

유리 님, 작업 하셔야죠.

선생님이 주의를 주면 그제야 정신이 들곤 했다. 나는 취미로 가볍게 해보고 싶어 일단 자유롭게 작업을 해보기로 선생님과 이야기를 나눴다.

하다가 배우고 싶은 순간이 오면 그때 본격적으로 해보아요.

선생님은 필요한 도구들을 꺼내놓았다. 나는 보통 할머니가 좋아했던 것들을 만들었다. 처음엔 할머니가 좋아하는 것들이 잘 생각나지 않아 얼마간 아이들이 작업하는 모습을 보며 생각만 했다. 앞에 놓인 종이를 보고 있을 때 할머니가 좋아했던 것들이 한꺼번에 생각났다. 나는 갑자기 엎드렸고 선생님은 아이들에게 재료가 수납된 곳을 가리키며 필요한 색을 골라오라고 말했다.

크림빵.

이라고 쓴 종이를 두고 나는 공방을 나왔다. 오래 눈물이 멈추지 않을 것 같아서 공방 옆 벽에 몸을 기대고 그냥 울어버렸다. 매미 울음소리가 사방에서 들려와 내 울음소리는 내게도 잘 들리지 않았다. 땀과 눈물이 뒤섞인 얼굴로 다시 공방으로 들어갔을 땐 아이들이 만들던 3단 케이크가 완성되어 있었다.

자, 이제 꾸미기를 해봅시다.

선생님의 말에 아이들은 다시 원하는 재료를 찾으러 갔다. 선생님은 그 뒤를 따라가 재료 설명을 해주었다. 재료를 찾아 자리로 돌아온 아이들은 화려한 색감의 초를 만들었고 나는 그제야 크림빵을 만들기 시작했다.

접시랑 반 잘린 빵도 만들겠어요.

좋아요. 접시는 꼭 클레이로 하지 않아도 돼요. 저기 다른 재료 많아요.

선생님이 말했고 나는 아주 작은 접시와 크림빵을 완성했다. 선생님과 두 아이가 와, 하고 탄성을 질러주던 어느 날.

할머니, 할머니. 내가 이렇게 할머니를 위한 상을 차려. 시간이 날 때마다 할머니를 생각하면서 할머니가 좋아하던 음식, 그리고 맛보여주고 싶은 음식들도 만들어. 물론 금반지와 진주 목걸이 같은 것도 만들지. 그러니까 할머니 오늘 밤 꿈에 로또 번호 알려줄 거지? 속으로 그런 생각도 해가면서 작업을 하고 나면 마음이 개운해진다.

이번엔 할머니가 베고 자던 분홍색 베개를 만들었다. 어디선가 할머니의 냄새가 났다. 마름모로 누벼져 있던 포근한 베개. 찢어지면 꿰매서 다시 베던 베개. 그때 쓰던 실과 할머니가 젊었을 적부터 쓰던 바늘을 아직도 쓰고 있다. 그 바늘을 아주 오래 쓰고 싶다 생각하곤 하면서.

4

언니가 다시 산책을 시작하겠다고 전해오면서
저녁 시간을 함께 보내는 일이 잦아졌다. 얼마나
갈지는 모르겠지만 전에 비해 활력이 넘쳐 보였
다. 좋은 일이다. 우리는 밀가루를 반죽해 수제비
를 해 먹고 공원으로 갔다. 수많은 사람, 개, 자전
거 속에 섞여 지금 이곳을 이루는 수많은 것 중 하
나가 되는구나, 생각하면서 걸었다. 다가오는 것
들과 부딪히지 않도록 비켜 가면서.

그러는 사이, 언니와 나의 거리는 점차 벌어져
어느새 혼자 걷게 되었다. 저 멀리 63빌딩이 시야
에 들어왔다. 집으로 같이 돌아갈 이가 있다는 게
이렇게 마음 좋을 일인가. 많은 사람이 혼자 살고
싶어 하던데 왜인지 나는 그러고 싶지 않았다. 하
지만 나는 자주 혼자가 되었고 그러면서 내가 이
상한 건가, 생각했다. 혼자 사는 걸 싫어하고 누군
가와 함께하고 싶어 하면 나약한 건가. 나약한 건
꼭 나쁘기만 한 건가. 사람들은 자꾸만 내게 스스

로 일어서라고 말했다.

　아휴, 겨우 만났네.

　언니와 공원 입구에서 만나 집을 향해 걸었다. 언니는 두 달 전 16년간 일한 직장을 그만두었다. 6천 일쯤 일하고 이제 겨우 50일쯤 쉬었는데 그새 많은 사람이 언니의 미래를 걱정했다. 언니는 사람들에게 "이제 겨우 2주 쉬었어요" "이제 겨우 15일 됐어요" "이제 겨우 3주 됐어요" "이제 겨우 한 달이에요" 등의 발언을 반복하느라 그랬는지 '겨우'가 습관이 된 것 같았다.

　아닌 게 아니라 쉰다고는 해도 이것저것 하루는 바쁘게 지나간다. 내 하루는 바쁘고 남의 하루는 꼭 쉽게 가는 것 같아 보여도 그게 또 그렇지가 않은 법. 언니의 하루는 집 안 청소로 시작한다. 언니가 오기 전까지 크지 않은 이 집엔 먼지가 참 많이도 굴러다녔다. 먼지는 꼭 하나로 뭉쳐져 구석에서 굴러다니는 습성이 있는 것 같았다. 나는 청소를 싫어해서 그렇게 먼지 뭉치를 발견해야만 못 이긴 척 청소를 하곤 했다. 하지만 언니가 온 뒤로 사람 둘이 살고 있는데도 처음 이사를 올 때보다 집이 더 깨끗해졌다. 언니는 이 집에 들어온 첫 주말에 군데군데 못 자국이 난 곳에는 생활용품 잡화점에서 사 온 충전재를 채워 넣었고, 삐거덕거리며 잡음을 내던 문들에는 윤활유를 뿌려 문제없이 만들어놓았으며, 때가 되면 종량제 봉투를 사 와서는 하나씩 작게 접어 쓰기 편하게 해두었다. 그리고 소화기. 언니는 작은 소화기를 구입해 현관 입구에 놓았는데 가만히 현관 입구를 지키고 있는 빨간 소화기를 보고 있으면 왜인지 안정감이 느껴졌다.

언니에게는 신비로운 능력이 두 가지 있었다. 바로 벌레와 라면에 관한 것. 벌레가 없는 곳에서 살거나 라면을 즐기지 않았다면 전혀 놀랍지 않을 능력. 언니는 이렇게 많은 벌레가 출몰하는 집에 산 적이 없고 라면도 자주 먹지 않아서 자신에게 이런 능력이 있는 줄 몰랐다고 한다. 언니는 벌레를 잘 발견하고, 산 채로 도구를 이용해 잡거나 떠서 밖으로 내보내는 재능이 뛰어났으며, 갑자기 라면이 먹고 싶다며 꺼낸 라면의 유통기한이 딱 그날까지인 경우가 많았다. 세상에 이로운 일을 한 느낌. 라면이 그대로 버려졌다면 일어났을 일들을 모두 방지한 느낌. 후회될 일이 일어나기 전으로 시간을 되돌려놓은 느낌. 라면 하나 가지고 과장이 좀 심했나 싶긴 하지만 예를 들면 그렇다는 것이다.

두세 시간쯤 걸으면 워킹화 같은 것이 사고 싶어진다. 지금 우리의 이런 단화로는 무리가 있는 것 같다. 오늘도 그런 생각을 하며 언니와 63빌딩을 바라보았다.

63빌딩 가본 적 있어?

아주 어릴 때 한 번이요.

뭐가 있었어?

수족관이요.

지금도 있으려나?

반짝이는 물속에 작은 조개가 들어 있는 동그란 목걸이를 선물 받았어요.

누구한테?

유치원 선생님이요.

그런 대화를 나누며 돌아오는 길, 워킹화 이야기도 했다. 그런 것들이 100만 원인지 50만 원인지는 몰라도 아무튼 못 살 것도 없지만 왜인지 사지 않는 우리 둘. 목걸이와 워킹화 그 중간쯤을 살고 있고, 두세 시간쯤 걷다가 수많은 사람을 지나쳐 집으로 돌아오면, 이 공간엔 언니와 나, 둘뿐이다. 사람들 속에 있는 것도 좋지만 고요한 방 안에 혼자 있는 것도 좋아지는 요즘이다. 혼자 살 때는 오히려 느끼지 못했던 기분. 시원하게 몸을 씻고 편한 옷으로 갈아입고 내 방에 누우면 수많은 사람 중의 하나가 아니라 나 자신이 되는 기분이다. 이 세상에 내가 있구나. 나라는 사람이 숨을 쉬고 있구나. 여러 모습으로 여러 마음으로 종일 말하고 움직이다가, 몸과 마음에 아무것도 없이 오로지 나인 채로, 나로 살아 있는 상태로 나 자신이 되고 내 세상이 되는 것.

  [각자 쉴까 같이 영화 볼까]
  [영화 봐요]
  언니에게 메시지가 왔다. 우리의 취미는 영화

관람이다. 언니 덕분에 생긴 취미. 뭘 볼지 얘기만 하다가 각자 방으로 들어가기도 하지만 가슴 벅찰 정도로 좋은 영화를 발견하기도 한다. 이런 걸 취미라고 하는구나. 클레이 아트를 하기 전에 생긴 첫 취미다. 언니를 만난 이후로는 혼자서 개봉하는 영화도 챙겨 본다. 또 어느 포털사이트의 무료 영화를 보기도 하는데 계속 무료는 아니고 기간이 정해져 있어 자주 들어가서 어떤 영화들이 있나, 확인을 해보곤 한다.

우리는 종종 영화관에 같이 가지만 다른 상영관에 들어가는 일도 있다. 그럴 때면 마치 함께 산책을 나왔으나 따로 걷다가 만나서 돌아오는 것 같은 기분이 든다. 물론 공통의 관심사가 없는 건 아니다. 우리에겐 아주 강력한 하나의 공통 관심사가 있었다.

우리가 처음 만난 것은 바로 그 드라마의 동호회 자리였다. 단 한 번 참석했던 그 동호회에서 언니를 만났다. 언니는 쭈뼛쭈뼛하게 구는 내게 환타를 사주었다. 우리는 종종 그 드라마를 다시 보고 볼 때마다 감격하곤 한다.

이 드라마에 등장하는 모든 사람을 사랑해.

언니가 말하며 맥주를 마시자고 했다.

저 때, 언니는 어떻게 살았어요?

나?

네.

저 때가…… 그래, 그때 나는 수능이고 뭐고 한창 누군가를 사랑하는 일에 빠져 있었어. 그런 날들이었어. 지훈이라는 애였는데…… 그러고 보니 이제는 그런 마음 하나가 없네. 그런 날이 또 올 거야, 그런 생각이 안 들어. 나 이대로 괜찮을까.

언니는 따뜻해요.

라고 말한 뒤, 드라마의 OST를 들으며 맥주를 마셨다.

거기까지. 더 생각하지 않으려고 해본다. 마음이 편치는 않지만 거기서부터는 언니의 몫이고, 나는 여기 가까이에 서 있을 뿐이다. 그리고 며칠 후에 [언니 각자 쉴래요 「네 멋대로 해라」 볼래요?] 물어볼 뿐.

5

출근 전에 간단히 시리얼을 먹으려고 냉장고 문을 열었다가 사두었던 마늘이 썩어가는 것을 발견했다. 다져 두기로 마음먹고 마늘을 씻었다. 몇 달 전에 산 '다지기'라는 도구를 사용해보기는 처음. 통 안에 마늘을 넣고 줄을 당기면 되는 것이었는데 마늘을 통 안에 꽉 차게 넣어선 안 되고 줄도 그냥 막 당기면 되는 것이 아니었다. 나는 참을성이 없어 아침부터 그만 부아가 나고 말았다. 땀을 흘리며 이거 불량인가 보다, 버려야겠다, 성질을 내고 있을 때 언니가 방 안에서 나와 나를 도왔다. 혼자 해보다가 안 되면 도움을 요청하도록. 언니가 말했고, 해보더니 작동이 잘된다며 찡긋 웃어 보였다. 잘 다져진 마늘을 통 안에 넣는 것까지 본 언니가 싱크대에서 양치를 한다. 욕실에 세면대가 없어서 종종 싱크대에서 하곤 한다. 우웩, 소리 내며 양치를 하는 언니. 위가 안 좋은 것인지 묻자 이렇게 구역질을 좀 해줘야 양치를 한 것 같다는 대답이 돌아왔다. 언니, 괜찮을까.

모르는 사람들이 내게 괜찮다, 말해주네.

 이 말을 언니에게 해준 사람은 아마도 종일 슈퍼 앞에 앉아 있는 노부부일지도 모른다. 우리가 종량제 봉투를 사고 천 원에 두 개씩 하는 아이스크림을 사는 가게. 집에서 1, 2분 정도밖에 걸리지 않는 가까운 곳. 골목으로 들어오는 입구이자 불법 주차된 차들로 인해 걸어 다닐 때도 늘 조심하곤 하는 그곳에 오래된 캠핑 의자를 둔 노부부가 종일 앉아 있다. 비나 눈이 오지 않는다면 아무 말도 없이 해가 지기 전까지 그곳에 있는데, 지나는 사람들에게 뜬금없이 이렇게 말할 때가 있다. 괜찮아. 고개를 천천히 끄덕이며, 괜찮아. 이 동네에 사는 사람들이면 누구든 들어봤을 말일 텐데 눈이 마주치지 않으면 못 듣고 지나치기 십상이다. 눈이 마주치면 아주 작은 목소리로 말하곤 한다. 아니, 어쩌면 목소리는 들은 적이 없는 것 같기도……. 거리를 바쁘게 지나는 사람들을 노부부는 가만히 앉아서 바라본다. 나는 간혹 저렇게 늙고 싶다는 생각을 한다. 사람들은 무척 빠르게 지나가고, 개나 고양이 들만이 천천히 그 앞을 지난다.

저녁은 뭘 먹을까?

시리얼에 우유를 부을 때 양치를 마친 언니가 물었다.

글쎄요.

대답을 대강 해놓고서 생각을 하고 있을 때 누군가 현관문을 두드렸다. 언니가 문을 열어보니 택배가 와 있었다. 택배가 왔구나, 하며 작은 현관 안으로 커다란 상자를 들였다. 보내는 사람 이름에는 'ㅇ;즈힌'이라고 쓰여 있었다. 누군지 모르겠지만 무척이나 바빴나 보다, 말하며 문구용 칼로 상자를 갈랐다. 우체국 상자 중에 가장 큰 상자였다.

상자 안에는 옷과 가방과 화장품과 간식거리 들이 들어 있었다. 이제 곧 겨울인데 여름옷도 있었다. 하나씩 물건들을 꺼내는데, 이건 거의 마술 항아리다, 하는 말이 나올 정도로 끝도 없이 나왔다. 차츰 짐이 느는 중이지만 언니가 처음 이 집에 올 때 가져왔던 이삿짐도 이만하진 않았다.

친구분이 굉장한 맥시멀리스트인가 봐요.

맞아. 세상은 겨우 이렇게 굴러가는 건가봐.

언니가 고개를 끄덕이며 배송 나갈 상품을 검수하듯 꼼꼼히 물건들을 살핀다.

언니에겐 가끔 옷이나 화장품을 보내는 친구가 있다. 언니를 돕고자 일부러 챙겨 보내는 것만은 아니고 겸사겸사라고 들었다. 어릴 때부터 자주 안 쓰는 것들을 나누곤 했다는 친구. 많이 사기는 하는데 그래도 무료 나눔을 하면 했지 쉽게 버리지는 않는다는 친구. 전엔 그 친구의 집에 놀러 가서 친구가 무언가를 나누면 언니가 밥을 사곤 했는데 지금은 먼 곳에 살아서 종종 이렇게 택배로 보낸다고 했다.

1. 얇지만은 않은 리넨 재킷 : 올리브색으로 단한 번도 입고 나간 적이 없음. 지금 바로 이 계절을 위한 옷임.

2. 흰 후드티 : 미국에서 사 와서 서너 번 입은 걸로 기억. 하지만 앞에 뭔가 묻어 있음. 분명히 어떤 방법으로든 지워질 텐데 시도를 해보지 않았음.

3. 아이보리색 도톰한 바지 : 겨울 바지로 익선동에서 귀여워서 샀는데 이 또한 단 한 번도 안 입음. 요즘 운동복만 입어서 입을 일이 전혀 없음.

4. 연청바지 & 흰 청바지 : 여름 바지로 같은 쇼핑몰에서 구입. 두 벌 다 사이즈 미스로 이도 저도 아닌 핏이 나옴. 어떡하지, 어떡하지 고민만 하다 교환 시기를 지나 방치됨.

5. 코럴색 가방 : 약간의 광이 있음. 3년 전인가 백화점에서 구입. 구입 당시엔 여러 번 들긴 했으나 왜인지 그 이후로 방치됨. 마음에 드는 가방이었는데도.

6. 마스카라와 대용량 에센스, 이브 생로랑 틴트.

7. 노스페이스 검은색 숏 패딩.

8. 흰검 스프라이트 빅백…….

틴트는 입술에 몇 번 발랐던 것임을 미리 명시함……. 패딩의 총 길이는 72센티미터로……, 매일 운동복만 입고 지내느라 버리자니 아깝고 당마에 싸게 내놓기도 아깝고 번거로움. 어릴 적에 많은 신세를 졌으니 이번에도 혹시 받을 생각이 있

는지 궁금함. 원하는 물품의 번호를 적어주기 바람.'

얼굴을 본 적도 없는 언니의 친구 덕을 나도 종종 보고 있다.

언젠가 언니의 친구들과 함께 있는 자리에서 한 사람이 언니에게 그러고 보면 너야말로 진정한 환경주의자라고 말하는 걸 들은 적이 있다. 만날 때마다 같은 옷인 걸 보면 아무 소비도 하지 않는 거라고. 그거 말 되네. 누군가 말했고 언니는 결과적으로는 맞는데 완전한 자의는 아니야……라고 받아쳤다. 그때 또 다른 누군가가 열두 시 넘었다! 외치며 하모니카로 생일 축하 노래를 연주하기 시작했다. 작년, 언니의 생일날이었다. 생일은 무슨 생일이야. 언니가 손사레를 쳤다.

그날 새벽 다섯 시까지, 아니 아침이라고 해야겠지. 아무튼 전날부터 술을 마신 언니의 친구들은 첫차를 타겠다며 집을 나섰다. 언니와 나는 지하철역까지 그들을 배웅했다. 훅훅— 10월인데 하얀 입김이 나왔다. 돌아오는 길, 언니의 표정이

유달리 좋아 보였다. 집에 돌아와 언니는 바로 쓰러져 잠들었고 나는 아침으로 미역국을 준비했다. 즉석국으로라도 기분을 내고 싶었다. 내 생일엔 별 감흥이 없었지만 언니의 생일은 축하해주고 싶었다. 그러고 보니 생일을 챙기는 사람을 본 기억이 가물가물하다. 어제와 다르지 않은 그냥 어느 날일 뿐인 건가. 아무튼 며칠 후면 다시 언니의 생일.

이게 무슨 일이야.

무슨 일이긴요.

미역국엔 파 넣는 거 아닐걸.

그런가요.

나는 미역을 불리고 고기를 볶아 미역국을 끓여냈고 언니는 빨갛게 충혈된 눈으로 땀을 흘리며 미역국을 먹었다. 그리곤 아침부터 잡채를 만들었다. 언니가 내 몫의 잡채를 덜어두고, 나머지를 두 개의 통에 나눠 담은 뒤 부모님을 뵙기 위해 일찌감치 집을 나설 때 나도 출근을 했다. 언니 부모님이 따로 사셔서 두 집에 들러야 했다. 잡채가 꽤 무거웠는데 하필이면 비까지 내렸다. 우리는 집을 나서기 전, 전기계량기 숫자를 확인한 뒤 집주인에게 메시지 보내는 것을 잊지 않았다.

언니와 골목에서 헤어진 뒤에 문득 올려다본 하늘이 너무 아름다워 가만히 서서 바라보았다. 이럴 때면 지나간 불행이 줄어드는 것 같다. 골목에, 정류장에, 버스에, 길가에 수많은 사람이 어딘가를 향해 걷는 것, 지나친 횡단보도의 신호가 깜빡일 때 누군가 다급히 건너는 것. 그가 안전하게 인도에 도착했을 때 혼자서 안도의 숨을 내쉬었다. 안도의 숨을 내쉬자마자 정작 내가 전봇대에 부딪히고 말았다. 지나간 것을 너무 오래 돌아보지 말자고, 보고 싶으면 봐도 되지만 너무 오래 보지는 말자고 다짐하는 아침.

언젠가, 언니가 태어났다던 안암동에 함께 가본적이 있었다. 초등학교 말고는 대부분의 것들이 사라져 있었다. 언니와 나는 언니가 살았던 빌라를 찾아가보았고 문구점과 분식집도 찾아나섰다. 빌라는 그대로였지만 문구점과 분식집은 사라지고 없었다. 분식집 앞에서 언니는 사라졌다, 하며 얼마간 그 자리에 서 있었다.

추억 여행을 떠나온 길이니 아무래도 떡볶이를 먹지 않을 순 없어서 대로변에 있는 프랜차이즈 분식집에서 치즈떡볶이와 쿨피스를 먹었다. 언니는 떡볶이를 먹는 내내 팔뚝만 한 쥐가 들끓던 단골 분식집의 김말이에 대해 이야기해주었다. 그리고 단 한 번도 양껏 먹어보지 못했다는 이야기. 집은 무척이나 부유했으나 용돈이 없었다는 이야기. 같은 반 동갑 친구 사이였는데 왜인지 존댓말을 썼다던 친구 이야기.

언니 : 나는 너랑 친구가 되어서 좋아.

그 친구 : 나는 늘 좋습니다.

다른 아이들 : 야, 너네 집 가난하지?

그 친구 : 아니요.

다른 아이들 : 그럼 부자야?

그 친구 : 아니요.

다른 아이들 : 야, 넌 부자 맞지?

언니 : ······.

다른 아이들 : 근데 왜 그러고 다녀?

언니 : …….

그 친구의 이름은 잊었다고 덧붙이며 짤막한 가족 이야기. 언니의 부모님은 왜인지 가족이 아닌 사람들만 사랑했다고 한다. 텔레비전에서 가족의 따스한 모습을 다룬 다큐멘터리 같은 것을 보게 될 때면, 바보 같은 것들, 맨날 저렇게 가족의 의미만 되새기면 뭐 하냐며 혀를 끌끌 찼다는 이야기. 오래전부터 모두가 떨어져 살지만 이혼은 하지 않더라는 이야기. 자기는 가족 같은 건 이루고 싶지 않다는 이야기.

가족이라고 해서 꼭 무조건 사랑해야 하는 건 아니지만 혀를 끌끌 차면서 비웃을 필요는 없는데.

그러고 보니, 네.

우리도 가족 같은 건가?

무언가를 이루려 한 건 아닌데도 그렇게 된 건가, 나는 생각했다. 그날 언니가 조금이라도 웃었던가, 기억을 더듬어보며 다가오는 버스에 올라탔다.

11월

1

분노할 일이 생긴다는 이번 주 운세를 받아 들었다. 분노할 일이라……. 불안했지만 한번 두고 보자, 생각했다. 그러면 또 불안해지는데 그럴 땐 다시 한번 두고 보자는 생각을 반복한다. 미리 두려워하지 말고 두고 보자. 수십 번 반복. 만약 진짜 그런 일이 생긴다면 이번엔 화를 낼 수 있을까. 그 사이 물이 끓었다. 간단하게 누룽지에 끓은 물을 부어 먹고 전에 살던 동네로 출발했다.

휴무일마다 그 동네에 갔던 일은 특별히 더 기

록하고 있다. 그런 것치고 대단한 내용은 없지만 날씨나 교통 상황, 본 것들 정도를 쓴다. 오늘의 날씨 맑음. 강수확률 0퍼센트. 아침 기온 8도, 낮 최고 기온은 16도다.

살던 집 골목 언저리에 도착해 서성였다. 내가 할머니와 살던 방엔 지금 다른 할머니 한 분이 살고 있다. 종종 그 집에서, 그 문을 열고 나오시는 걸 본다. 눈이 마주치면 고개를 꾸뻑 숙여 눈인사를 드린다. 들어오라고 하시기도 하는데 들어가본 적은 아직 없다. 나는 괜히 누군가를 기다리는 척을 하기도 하고 뭔가를 물끄러미 바라보기도 하고 휴대폰을 보기도 한다. 누군가를 기다리는 척을 해놓고서,

누구 기다려요?

할머니가 물어오면

아뇨!

하고 급히 대답하곤 한다. 그러면 할머니는 고개를 갸웃하며 갈 길을 가신다.

지난 번 왔을 때 주민들이 싸우는 걸 보았었다.

날이 좋은 데다가 무슨 일인지 궁금해서 오래 그곳에 있었다. 마침내 화해가 되었는지 사람들의 웃음소리가 들려왔다. 옆 빌라에서 넘어온 나무 때문에 일어난 싸움이었다. 주택과 빌라가 너무 붙어 있어서, 나뭇잎이 골목과 주택으로 모조리 떨어져버리는 것이 싸움의 원인이었다. 주택가 사람 몇이 나와, 이게 지금 사실상 사계절 문제다, 여름에 매미 소리를 넘기고 나면 비 오는 가을의 낙엽들, 벌레로 인한 알레르기 등 힘든 점이 한두 가지가 아니라고 말했다. 또 여기 와서 한번 쓸어는 봤느냐고, 아니 쓰는 것은 바라지도 않는다며 언제 한번 수고하신다고 말이라도 해보았느냐고 덧붙였고, 빌라 측에서는 우리는 저 뒤의 산에서 이것들 몇백 배나 되는 나뭇잎들이 떨어져 와도 산한테 뭐라고 안 한다, 가을에 떨어지는 나뭇잎을 사람이 어쩌느냐고 말했다. 그런 식으로 무한 반복. 이쪽에서 민원을 넣겠다고 하자 그렇더라도 나무를 완전히 자르지는 못한다, 가지를 짧게 치는 것까지만 가능하다는 쪽으로 결론이 나는 듯했다.

아직 안 갔네요.

아, 네.

할머니는 근처 슈퍼에서 파와 두부를 사 오신 모양이었다. 트럭에서 내린 사람들이 계수나무와 소나무를 자르기 시작했다. 트럭과 함께 온 차는 이 골목에 어떻게 들어왔나 싶을 정도로 큰, 나로서는 처음 보는 특수차였다. 그래서인지 아까와는 다르게 어디선가 아이 몇이 나타나 차를 골똘히 관찰하더니 나뭇가지가 잘려나가는 광경을 바라보고 있었다. 빨대를 꽂은 요구르트를 하나씩 든 채였다. 아이들이 차에 너무 가까이 다가가면 보호자들이 제지했다. 아직 학교에 갈 나이는 안 된 것 같은 한 아이가 겉옷을 벗어가며 차 가까이 다가갔다가 된통 야단을 맞고 말았다. 야단이었지만 어머니가 달려가 아이를 안고서였다. 부럽다. 그런 마음이 들었다.

어릴 때 나는 잘못을 했을 때 야단을 맞고 싶었던 적이 있었다. 할머니는 나를 야단칠 힘이 없으셨던 것 같다. 난 정말 가만히만 있어도 혼이 났어. 언젠가 언니는 그렇게 말했다. 내가 잘못을 하고,

야단을 맞고 잘못을 인정하고 반성하고 다시 그러지 않겠다고 다짐하고, 밤엔 날 안아주고 그런 일은 없었지. 부모라고 자식을 다 사랑하는 건 아닌가 보다 하면서도 나는 왜 매일 사랑을 바랐을까 모르겠어. 다행히 이제 더는 그런 것에 대해 생각하지 않아. 그냥 그랬나 보다, 하게 되어버린 일일 뿐. 물론 왜인지 온전히 편안한 인생은 아닌 느낌이 들지만. 이대로도 괜찮도록 살아봐야지, 할 뿐이야. 어느 날엔 견딜 수 없을 정도로 날 괴롭히는 기억들이지만 대부분의 날들엔 그냥 그런가 보다 하고 지나갈 수 있는, 그런 일과 그런 사람이 되고 싶어. 우리는 이런 비슷한 대화를 나누곤 했다.

나뭇가지 정리 작업은 두 시간 가까이 진행되었다. 차가 떠나는 소리가 들려오고 어디선가 어른들이 나와 잘려나간 나뭇가지의 잔해를 치우기 시작했다. 303호 할머니도 거들려고 하셔서 내가 대신하겠다고 했다.

아니, 나도 할 수 있어요.

아, 네.

그때 어떤 아저씨 한 분이 우리 쪽으로 다가오

며 다산 정약용도 눈을 뜨면 가장 먼저 한 일이 바로 이 마당을 쓰는 일이었다고 말했다. 이 집 사는 할머니 손녀냐고 묻기에 그냥 웃어 보였다. 내 나이를 묻기에 30대 중반이라고 대답했더니 스무 살인 줄 알았다고 하셨다. 예끼! 이 사람아! 같이 길을 쓸던 아주머니 몇 분이 아저씨에게 핀잔을 주셨고 나는 집 앞을 쓰는 일을 도왔다는 이유로 할머니에게 빨대가 꽂힌 요구르트 한 개와 조린 밤 한 통을 얻었다. 할머니는 올해 82세라고 한다. 할머니의 방은 단정하고 깨끗했다.

이름이 어떻게 돼요?

유리예요.

성은?

성이 유고, 이름이 리예요.

예쁜 이름이네요.

할머니 성함은요?

나는 이름이 구려. 말 안 할래.

구리다니요.

춘자. 장춘자.

에이, 전혀 안 구려요.

배웅을 받으며 집 밖으로 나왔더니 트로트 메들리와 함께 마무리 작업이 한창이다. 큰 기계 소리가 잦아들었는데 아마도 절단 작업만 끝났던 모양이다.

춘자 할머니, 말씀 편하게 하세요.

다음에요. 다음에.

네, 그럼 저랑 슈퍼 좀 가세요.

슈퍼는 왜요.

음……. 간식 사드리려고요.

슈퍼에 가서 할머니께 간식을 고르시라고 했다.

할머니, 뭐 좋아하세요?

나 두유랑 꼬깔콘요.

할머니는 내가 계산을 하는 동안 슈퍼 주인과 이야기를 나누었다.

이번에 우리 손자 ROTC 나왔고 우리 손녀 카페 차렸고.

그러셨어요?

응. ROTC. 카페.

봉투를 받아 들고 슈퍼를 나왔다.

할머니, 저도 카페에서 일해요.

아이고, 멋있다! 나는 커피가 맛있어요. 먹어버릇하니까 맛있어.

맞아요. 할머니, 그러니까 건강하셔야 해요. 그래야 맛있는 커피 많이 드시죠.

이제 슬슬 죽어야지 뭐.

아유, 왜 그런 말씀을 하세요.

그냥 하는 소리예요. 그러려니 해요.

우리 할머니 생각이 났다.

그거 지금 먹으면 제일로 맛있는 거.

밤조림에 대한 할머니의 말씀. 언니와 함께 「네 멋대로 해라」를 보면서 바닐라맛 아이스크림에 이걸 올려 먹으면 즐거울 것 같았다. 거듭 작별 인사를 나누고 버스정류장으로 향했다. 전날 발행된, 하나 남은 『교차로』를 챙겨 올라탄 버스는 오후 햇살이 들어 따뜻했다. 자리에 앉자마자 금세 잠에 빠져들었다. 내릴 때가 되어 눈을 떠보니 대낮인데도 버스에 사람이 가득했다. 모두 어디로 가는 것일까. 자리에서 일어나 뒷문으로 향했다. 대여섯 명이 버스에서 내리기 위해 서 있었다. 버스가 정차하면 자리에서 일어나라는 안내문을 따랐다간 꼼짝없이 다음 정거장까지 가야 한다. 영영 내리지 못하는 일은 없겠지만.

언니의 방 안을, 짧은 가을의 오후 햇살이 비추고 있었고 언니는 집에 없었다. 나는 깨끗하게 손을 씻고 지난 번 가져온 『교차로』를 읽었다. 중고차 광고에 실린 사진에는 보통 가족사진이 들어가 있거나 사장님이 손으로 하트를 그리고 있다. 나는 사진 속 가족들을 골똘히 바라보고 페이지를 넘겼다. 사회, 경제, 부동산 지면을 넘기면 구인 구직 페이지가 시작된다. 그리고 끝까지 구인 구직. 일자리도 구하고 배우자도 구한다. 나는 『교차로』에 적힌 익숙한 주소들을 눈으로 천천히 읽는다. 끝내 그 주소가 흐릿해져갈 거라고 생각하면서.

2

세탁기가 고장 나 서비스센터에 전화를 했다. 쌓인 빨래가 산더미라 출근 전에 코인빨래방에 갔다. 적당한 공간에 세탁기 세 대, 건조기 네 대가 있었다. 빨래방은 처음이라 세탁기 앞에 붙은 안내문을 읽고 있을 때 누군가 다가왔다.

어떤 거 사용하실 거예요?

글쎄요.

아직 빨래를 안 넣으셨네. 제가 좀 바빠서요.

그 사람은 가져온 빨래를 두 대의 세탁기 안에 던져넣었다. 이불 빨래를 하는 날인 모양이었다.

그러세요. 먼저 넣으셨으니까.

나는 남은 한 대에 내 빨래들을 넣었다. 한 시간이 걸릴 예정이었다. 가져온 책을 펼쳤을 때 빨래방 안으로 아는 얼굴이 들어왔다. 그는 곧장 건조기 쪽으로 가서 건조를 마친 빨래들을 꺼내 가져온 가방에 넣었다. 어깨에 가방을 메고 나가려기에 급한 일이 있나 보다 하고 굳이 불러세우진 않았다.

똑똑똑.

투명한 유리벽 너머로 재한 씨가 노크를 해왔다. 재한 씨는 동네 친구로 내가 일하는 카페 단골이다. 카페에서 자주 보며 지냈으므로 따로 볼 생각은 하지 못했는데 간혹 명절에 연락을 해왔다. [이번에 저 안 내려갔는데 혹시 집이시면 같이 맛있는 거나 먹읍시다] 같은 식으로.

날이 좋은데 퇴근하고 뭐 해요?

재한 씨가 유리벽 너머에서 말했다. 나는 별일 없다는 제스처를 취했고 재한 씨는 이따 연락할게요, 하고 파란불이 깜빡이던 사거리 신호를 건넜다. 다행히 신호는 재한 씨가 건너고도 5초간 더 파란불이었다.

남은 시간 동안 구석 자리에서 책을 읽으며 클래식 라디오를 들었다. 빨래방 내부에서도 신나는 노래들이 계속 나오고 있었지만 나는 조용한 노래를 더 좋아하는 사람. 이어폰을 챙겨온 김에 쓰고 싶었다. 오랜 고향 친구로부터 빨래방에서 기다리는 동안 할 것들을 챙겨가라는 팁을 받아 책과 이어폰을 챙겨온 터였다. 나는 세탁기가, 친구는 보일러가 고장 난 상태였다. 고장이 나고서야 오래 썼구나, 알 수 있었다.

내 세탁물의 건조가 다 되어갈 무렵엔 노부부와 중년 여성이 함께 들어왔다.

이제 엄마도 이걸 배워야 돼……. 얼마 안 해.

얼만데?

고온으로 20분 건조하면 2,500원.

2,500원? 난 그냥 나갈란다.

아니, 맨날 빨래하기 힘들다며.

부부는 말없이 모자를 고쳐 썼다.

10월의 가을도 좋지만 11월의 가을도 참 좋네요.

전보다 쌀쌀하고 사람들은 말이 없어진 것 같은 느낌.

오늘 뭐 했어요?

아이랑 민속촌에 다녀왔어요.

재한 씨가 고기를 뒤집으며 말했다.

좀 있다 뒤집어줘요.

재한 씨가 넘긴 집게를 받아 테이블에 내려놓았다. 야외에 앉아 음식을 앞에 두고 있으니 무엇도 부러울 것이 없었다.

유리 씨는요?

개운한 마음으로 종일 일했어요. 가끔 이런 날

이 있어요. 마음이 어지러울 일이 없어 다행이다,
싶은 날.

그때 언니가 꽃다발을 들고 멀리서 걸어오는 것
이 보였다.

언니 오네요.

언니와 재한 씨는 요즘 자주 보네요, 하며 인사
를 나눴다.

꽃은 뭐예요?

아니, 그게 아니라요.

네?

아니, 그게 아니라요. 제가 오늘 친구 집들이에
갔었거든요. 뭘 사갈까 하다가 11월이고 해서 꽃
을 사 가려고 했어요. 요 앞에 알죠? 클래식 플라
워. 영업 종료 시간 전 서둘러 갔는데 글쎄 문을 닫
았더라고요. 그래서 또 급하게 근처 꽃집으로 갔
는데 웬걸, 거기도 닫았지 뭐예요. 또 다른 곳에 갔
다간 너무 늦을 것 같아서 어쩔 수 없이 빈손으로
갔어요. 그 자리에서 뭔가를 주문하거나 필요한
것을 집으로 배송시키거나 하려고요. 그런 마음으
로 가서 편하게 있다가 일어나려는데 글쎄 집주인

이 커다란 화병을 가져오더라구요. 그러면서 신문지를 가져와 거기 있던 세 명에게 꽃을 나눠주는데 두 사람은 좋아했고 저 역시 좋았지만 글쎄요, '좋다'에 다른 기분을 더 추가해야 했어요. 신기하고, 뭐랄까 너무 좋은 거예요. 감사하고 감사하다, 꽃을 주러 갔는데 꽃을 받아왔다, 이 정도면 충분히 감격스럽지 않느냐 뭐 그런 이야기.

우리는 고개를 끄덕이며 붉은빛의 하늘하늘한 꽃잎을 바라보았다. 나는 술을 한잔 마신 뒤 고기를 뒤집었고 재한 씨는 귀한 이야기라며 맞장구를 치면서 술을 여러 잔 마셨다. 우리는 무르익은 가을 민속촌의 풍경과 재한 씨 아이의 성장 과정을 들으며 음식과 술을 마저 먹었다.

3

지금 말하려는 건 사실 10월의 일. 가을비가 내렸던 낮이 지나고 그 밤의 일. 비가 그친 골목 어귀에서 언니를 기다렸다. 꽤 쌀쌀한데도 아이들이

놀이터를 가득 채우고 있었다. 깐따삐야! 깐따삐야! 깐따삐야! 계속해서 반복하면서 웃기에 휴대폰으로 검색을 해보았다. 깐따삐야별에 사는 사람들은 세 살이 되면 한 손으로 자동차를 들 정도의 괴력을 지니고 있다는 이야기.

끄어어억— 까아아악— 끄어어억— 까아아악—. 이 소리는 앵무새의 것. 앞 건물 맨 위층에 앵무새가 산다. 한 마리는 1년 전쯤 집을 나가 지금은 한 마리만 있는데 종일 저렇게 운다. 듣기 싫지 않다. 깐따삐야—라고 말하고 있는 건지도 모를 일.

자전거 앞 바구니에 달걀과 바나나를 실은 사람들이 지나가고 저 멀리 언니의 모습이 보였다. 우산은 어디다 내다 버린 건지 빈손이었다. 나를 발견한 언니가 뛰어와 내 팔짱을 끼고 편의점에 들어가 소주와 맥주와 오징어와 초콜릿과 비싼 아이스크림을 샀다. 음식 궁합이 별로 좋은 것 같지는 않지만 잠자코 계산을 했다. 무거운 봉투를 나눠 들고 도착한 집 앞은 너무도 깜깜했다.

와, 요즘 날씨 너무 쓸쓸하지 않아?

언니가 말했고 그 말인즉슨 언니가 쓸쓸하단 뜻
인가 잠시 생각할 때,

아, 내가 그런 건 아니고.

언니가 말했다. 거짓말이라고 생각할 뻔했지만
아니라니까 아니라고 여긴다. 이제는 잠읍이 나지
않는 현관문을 열고 들어가 봉투를 내려놓고 먼저
아이스크림을 냉동실에 넣었다. 냉동실 문을 닫
고 돌아설 때 2인용 식탁 위에 올려진 작은 케이크
를 본 언니가 입을 꾹— 다물었다. 울음을 참는 것
인가 생각할 때 그 옆에 놓인 꽃다발을 보고는 꾹
다문 입을 파압! 터트리며 울었다. 전에 없이 크게
못생겨졌기에 너무 놀라 와, 못생겼다! 하고 말했
다. 언니는 울면서 손을 씻은 뒤에 방에서 꽃병을
찾아 나왔다.

클래식 플라워에서 샀어?

네.

너무 예쁘다.

이런. 꽃 이름을 들었는데 까먹었어요.

괜찮아. 알아낼 수 있어. 이렇게 아름다운 꽃은
이름을 알아두자.

언니는 울음을 그치고 웃으면서 꽃병에 꽃을 꽂았다. 휴대폰을 꽃에 가져다 대자 꽃 이름이 나왔다. 분명 한글로 되어 있는데도 더듬더듬. 노란 포스트잇에 꽃 이름을 적어둔 언니는 따라 읽기는 포기해버렸다. 파는 자라고 있었고 나는 언니 친구가 보내준 파 두 뿌리를 뽑아 적당한 크기로 썬 뒤 닭다리살과 함께 구웠다. 유튜브를 참고해 열심히 만들어둔 간장소스를 뿌리자 언니가 환호성을 질렀고 그러자 나는 나도 모르게 흥에 겨워 깐따삐야! 하고 외쳤다.

얼마간 정적이 흘렀고 아무 일도 없었다는 듯 다시 토마토 요리. 토마토와 달걀을 올리브유와 함께 볶는 간단한 음식이다. 내가 살살 토마토를 볶을 때 언니가 소금과 후추를 뿌렸고 나는 볶음 주걱을 내려놓고 녹색 접시를 꺼내 왔다.

이걸 주걱으로 담아야 하는데 벌써 싱크대에 넣다니.

아차.

나는 새 주걱을 꺼냈고 그렇게 또 설거짓거리를 추가하였고 맥주잔에 소주와 맥주를 적당히 부었다. 울어도 되는 시간이지만, 이제 우리는 나이가 들어서인지 전처럼 자주 울지는 않는다. 아차, 조금 전에 언니가 폭풍 오열을 했었나. 조금 전에 울었지만 전처럼 자주 슬픔을 느끼지는 않는다, 안 느낄 수 없지만 전보다는 덜 느낀다는 이야기. 잘 우는 애 소리를 듣는다거나 상대방이 질릴 정도로 울지는 않는다, 이 말이다. 이제 어느 정도 괜찮으니까. 그러니까 어느 정도는 그렇다는…… 그런 말이고…… 언니는 코앞에 꽃병을 가져다 두고 거기다 거의 코를 박은 채 이야기를 시작했다.

언니가 아버지 집에 찾아갔을 때 아버지는 한창 잠에 빠져든 채였다고 한다. 그리고 하필 옆에 모르는 아주머니가 같이 자고 계셔서 인사도 나누지 못한 채 돌아왔다는 이야기.

너무 짧은 이야기지? 글쎄, 거기다 뭘 더 어떻게 덧붙여야 할까.

두 집 중 한 집의 방문을 그렇게 마치고 언니는 다음 집으로 향했다고 한다. 언니의 어머니는 원체 활달한 스타일로, 언니 생일도 잊은 채 제주도에 놀러 가 있어 오랜만에 들른 집은 텅 비어 있었

다는 이야기. 챙겨 간 잡채가 무거워 아파트 경비
원에게 전했다는 이야기. 뭐야, 쓸쓸하잖아……
생각했지만 말은 쉽게 나오질 않았다.

축하를 받으러 간 건 아니었는데.

…….

잘 지내는지 서로 묻고, 듣고. 근래 있었던 재밌
었던 얘기나 어려웠던 얘길 하고, 듣고. 그리고 낳
아주셔서 고맙다는 얘기를 하러 간 거였는데.

…….

그리고, 사실 생일 축하를 받고 싶었어. 아니, 축
하는 아니고 뭐라고 해야 하지.

사랑인가, 속으로 생각할 때.

이해가 된다기보다는.

언니가 말했다.

역시, 그런 생각이 들었고.

…….

너무도 서운하지만 내가 어찌할 수 없는 이야
기.

역시 쓸쓸하다, 그런 생각을 했다. 언니가 술을
마시기에 나도 사이다를 마셨다. 이것저것 사 온

것들은 뜯지도 않고 술만 마시는 중.

　미안해.

　네? 뭐가요?

　그냥…….

　아, 아녜요.

　…….

　우리끼리는 그러지 말아요.

　고마워.

　저도 고마워요.

　나한테 뭐가?

　태어나줘서요.

　원하는 때로 되돌아갈 수 있다고 하면 언니는
어디로 돌아가고 싶어 할까 생각해보던 밤. 묻지
는 않고 혼자서 짐작해보던 밤이었다. 나는 어느
때로도 돌아가고 싶지 않고, 언니도 그럴지도 모
른다고 생각하면서 잠든 언니 옆에서 하모니카로
생일 축하 노래를 최대한 작게 연주해봤다.

　유리 씨! 유리 씨, 집에 있나요!

　이 밤중에 누구세요!

저예요!

재한 씨였다. 목소리가 큰 재한 씨.

재한 씨, 조용히 해줘요!

맞다. 쏘리요.

재한 씨가 족발을 사 왔다.

오늘 이 언니 생일 아니에요?

와, 이 사람!

저 기억력 좋죠?

네. 그러네요. 근데 조금 외로웠나요?

하하하, 재한 씨가 웃을 때 잠에서 깬 언니가 방에서 나왔다. 언니는 재한 씨를 보고 다리에 힘이 풀린 듯 놀라 뒤로 넘어질 뻔했고 재한 씨는 좋아했다. 배가 부르지만 족발 먹는 척을 해보았다. 이런저런 얘기가 오가고 재한 씨는 술이 고팠는지 엄청 빠르게, 정말이지 맛있게 마셨다.

오늘 무슨 일 있었어요?

아뇨. 그냥 집에 가는 길에 들러봤어요. 요즘 사는 건 어때요?

좋아요.

좋아요?

네. 처음 만났을 땐 이런 사이가 될 줄 몰랐어요.

참 사람 인연이란 게.

신기해요, 정말.

그렇게 말하며 잔에 술을 따라 마셨다.

오징어를 좋아하는 재한 씨를 위해 편의점에서 사 온 안주들을 꺼내놓는 동안 재한 씨가 내게 사이다를 따라주었다.

어? 이거 유통기한이 지워져 있네.

언니가 마른오징어의 포장을 들여다보며 말했다.

편의점에서 파는 건데 괜찮지 않을까요?

그냥 먹어요.

유리야, 아니. 재한 씨, 아니요.

단호한 표정을 지은 언니가 덧붙여 말했다.

모든 걸 의심해봐야 해요. 의심이 꼭 나쁜 것만은 아니에요.

언니는 오징어의 냄새를 신중하게 맡아본 뒤 가스렌지에 구웠다.

못 살아, 정말. 아무튼 집에 가는 길에 들를 곳이 있으니 너무 좋네요.

재한 씨는 그렇게 말하고 족발을 뜯었다. 우리
는 돌아가면서 듣고 싶은 노래를 틀고 이야기를
나눴다. 낮에 유언장을 쓰는 모임에 다녀왔다고
재한 씨가 말했다. 반 이상이 울었어요. 반 이상이.
재한 씨의 눈이 조금 그렁그렁해졌고 우리는 고개
를 끄덕였다. 자정 즈음, 취한 재한 씨를 집까지 데
려다주자며 언니가 모자를 눌러썼다. 그러는 동
안 재한 씨가 재배 중인 파에 관심을 보이며 두 뿌
리만 달라기에 기꺼이 뽑아 주었다. 나는 슬리퍼
를 꿰차고 집을 나섰다. 술기운 탓에 단것이 먹고
싶었던 걸까. 집에 아이스크림이 있는데도 우리는
언니의 제안에 따라 슈퍼에서 또 아이스크림을 사
서 입에 물고는 서로의 집 중간에 위치한 우체국
을 향해 걸었다. 왜인지 아까보다 덜 춥게 느껴졌
다.
　뭐든지 좀 덜하면 좋겠다.
　뭐든지요?
　응. 뭐든지.
　오늘 언니한테 무슨 일 있었나 봐요.
　앞서 걷는 언니의 뒷모습을 바라보며 재한 씨가

내게 작게 물었다.

언니와 함께 살고부터는 무언가를 잊는 일이 반
으로 줄었다. 전에는 물을 마시러 가는 길에 머리
카락을 발견하면 물을 마셔야겠다는 사실을 잊은
채 머리카락을 치웠다. 청소가 끝나면 다시 앉거
나 누웠고, 그제야 물을 마시고 싶었다는 생각이
다시 들곤 했다. 다시 물을 가지러 출발. 컵을 꺼내
다가 설거지를 해둔 그릇들이 잔뜩 쌓여 있는 것
이 보이면 그릇 정리를 시작했고 컵은 그대로 꺼
내둔 채 건조대 빨래를 걷어 바닥에 두면 그제야
다시 물을 마셔야겠다는 생각이 나는 식이었다.
물론 거기서 끝이 아니었다. 그러고서도 바로 마
시지 않고 빨래를 개기 시작. 왜인지 목마름을 참
아가며 빨래를 갠 뒤 바로 옷장에 넣지 않고 물을
마신 다음 그제야 개킨 옷들을 옷장에 집어넣곤
했다. 무언가 은근하게 뒤죽박죽인 나날들이었다.
집이 여덟 평 정도인 것을 감안하면 몇 걸음이면
이동이 가능했으므로 그리 고생은 아니었지만 꽤
나 비효율적인 동선인 데다가 이상하긴 하다고 생

각해왔다. 왜인지 모르게 붕 떠 있는 기분이었고 또 며칠은 너무나 가라앉는 기분의 반복. 딱히 나아지고 싶다는 생각도 못 한 채로. 아무튼 물을 마시려고 할 때 한 번에 물을 마신 적이 거의 없다는 이야기. 나는 오랫동안 할머니를 간병했다.

재한 씨를 보내고 집으로 돌아와 각자 방으로 들어간 후 나는 언니의 울음소리를 들었다. 태어나던 순간에도 많이 울었을 텐데, 생일날 이렇게 자꾸 울어도 괜찮은 걸까. 금방 그쳤으니까 된 걸까. 혹시 소리가 새어나가지 않게 참고 있는 걸까.

[엄마 제주도 좋아?]

다음 날, 그다음 날에도 언니의 어머니로부터 답장은 없었다.

슈퍼 앞에 캠핑 의자를 두고 종일 앉아 있는 노부부는 살아온 날의 절반 이상을 독일에서 살았다고 한다.

4

마음은 맑았으나 몸은 고된 퇴근길이었다. 오늘은 씻고 바로 자야지. 배가 고프지만 바로 자고 싶다고 생각하며 걷는데, 앞서 걷는 남자가 자꾸만 가던 길을 멈춰 섰다. 멈춰 서서 하늘을 보고, 또 얼마간 걷다가 멈춰 서서 또 하늘을 본다. 집이 나와 같은 방향인 듯, 나는 꽤 긴 거리를 그의 뒤에서 걷고 있었다. 그가 세 번째 멈춰 섰을 때 나는 그의 시선을 따라갔다. 손톱달이었다. 그의 시선 끝에 손톱달이 떠 있었다. 달을 보려고 멈춰 서는 사람이라니 고맙습니다. 덕분에 저도 봤네요.

어, 왔어?

네. 저 왔어요.

고생했다. 밥은? 김치찌개 끓였는데.

언니가 읽던 책을 내려놓고 말했다.

씻고 나올래?

넵!

씩씩하게 대답을 해놓고는 씻으면서 나도 참 나다, 싶어 고개를 절레절레 흔들었다. 하지만 하얀

쌀밥에 담백한 두부가 들어간 김치찌개를 보자 식욕이 돌았다. 누군가와 같이 산다는 건 이런 순간들의 연속인 것.

와, 정말 맛있어요.

많이 먹어.

언니는 내 앞에 앉아 읽던 책을 마저 읽는다.

들어가서 편하게 보세요.

음. 아냐. 먹는 거 봐야지.

달을 보고 멈춰서듯 함께 사는 사람을 바라보는 일. 아무나 못 하는 일이라고 생각하고 있을 때,

봐봐. 운동선수가 식단을 관리하듯 나도 양질의 독서란 걸 해야 하는 거거든. 내가 바로 그 부분을 간과하고 있었던 것 같아.

언니가 손에 든 책을 흔들며 말했다.

네?

하핫. 뭐, 내가 한 말은 아니고.

멋있는 말이라고 생각했다. 그럼 나는 뭘 해야 할까? 밥을 먹자! 밥을 잘 먹고 잠을 잘 자자. 그게 사는 일이고, 일단 그 두 가지를 잘 하면 괜찮은 거겠지. 나는 금세 한 그릇을 비웠고 빈 그릇을 싱크

대에 넣었다.

먹는 거 다 봤으니 들어간다. 잘 쉬다가 자.

언니가 방으로 들어가고 나는 쌓인 그릇이 얼마 되지 않으니 설거지는 내일 해도 될 것 같다고 생각했다. 싱크대에서 양치를 하는데 방문 틈으로 여행 영상을 틀어놓은 소리가 흘러나왔다.

여행 가고 싶지 않아?

언니가 방문을 빼꼼히 열고 말했다. 나는 입안에 거품이 가득해 말은 못 하고 고개만 끄덕였다. 입을 헹구고 언니와 다시 이야기를 나눴다.

가장 긴 터널이 아니라 두 번째로 긴 터널요?

응.

왜요?

가장 긴 터널은 남겨두고 싶어.

그렇구나. 우리나라에서 가장 긴 터널은 우리 집에서 2백 킬로미터 거리고 두 번째로 긴 터널은 4백 킬로미터 거리에 있다고 한다.

면허를 따면 거기부터 가요.

하고 말했을 때 재한 씨에게 메시지가 왔다.

[바다 안 보고 싶어요?]

[보고 싶어요. 갑자기 바다는 왜요?]

[다음 주에 집에 내려가는데 시간 되면 언니랑 같이 가요]

재한 씨로부터 아이가 엄마와 함께 자고 오는 날엔 아버지를 뵈러 포항에 가곤 한다는 애길 들은 적이 있었다.

아버지는 매일 낚시만 하시는 분. 절대 올라오기 싫으시데요.

재한 씨가 말했었다.

[재한 씨, 지나고 싶은 터널이 있는데 들려줄 수 있나요?]

[예. 들릅시다]

[되게 긴데]

[얼마나 긴지 봅시다]

[고맙습니다]

이럴 때가 있고 이런 날이 있구나, 생각하며 잠에 들었다.

물고기가 없는 곳에서 낚시하는 꿈을 꿨어.

여섯 시에 일어난 언니. 다 식은 차 한 잔을 앞에

두고 앉아 있었다.

난 낚시도 못 하는데, 낚시의 니은 자도 생각하지 않았는데 왜 그런 꿈을 꾸었을까.

꿈에서, 거기 물고기가 없다는 걸 알았나요?

응.

흠.

그런데도 계속했어.

왜죠.

모르겠어.

아무래도 하고 싶어서 하지 않았을까요.

물고기가 없다는 걸 알고 있었는데 왜 하고 싶었을까.

혼자였어요?

아니.

다행이라고 생각했다. 남녀노소 가릴 것 없이 많은 사람이 있었다는 것. 끼어어억— 까아아악— 앵무새가 우는 아침. 낚시하던 사람들을 상상해본다. 나는 말하지 못했다. 그날 밤 나는 꿈에서 아주 많은 사람과 여행을 갔고 모두 게임을 하러 밖으로 나갔을 때 4층 높이의 낡은 유스호스텔에서 그

들을 바라만 보고 있었다는 것을. 날이 몹시도 더
웠고 그런 어려운 게임은 하기가 싫었다는 것을.

우린 왜 그런 꿈을 꾸었을까, 하면서 핫케이크
를 만들 준비를 했다. 오늘 처음 개봉하는, 메이플
시럽도 꺼냈다. 언니는 자신이 너무 변한 것 같아
예전의 자신을 떠올려보고 싶다며 오늘은 오래된
일기장들을 읽어보겠다고 말했다. 대부분 어디론
가 사라져 몇 권 남아 있지 않다는 일기장들을. 이
런저런 이유로 절판된 오래된 일기장들을.

지훈이를 만나고 왔어.
지훈 씨는 언니의 첫사랑이다. 언니는 지난 시
절의 자신이 궁금해 그에게 연락을 해보았다고 한
다. 서울대를 졸업하고 미국에서 오래 직장생활을
하다 잠시 한국에 들어와 있던 중이라는데, 말하
면서 영어를 하도 많이 섞어 써서 반쯤은 못 알아
들었다는 이야기. 하지만 이해가 되고 안 되고 그
런 건 중요하지 않은 것 같더라는 이야기. 그는 미
국에 간다면 이런 델 꼭 가보라거나 이런 건 조심

하라는 얘기만 세 시간을 했다고 했다.

그러면서 언니는 문득 어릴 적 한동네에 살던 대학생 언니의 집에 대한 이야기를 들려주었다. 다정하게 언니 자매를 돌봐주던, 동네 제일가는 부잣집 언니의 집 서재에 대한 묘사였다.

그 언니는 책을 좋아했어. 내 동생도 책을 좋아했고. 우린 다 책을 좋아했거든?

나는 고개를 끄덕였고, 이야기를 들으며 할머니와 나, 둘뿐이었던 세계에 책만이 유일한 친구였던 나의 어릴 적 생각도 틈틈이 했다.

그런데 왜, 나만 쓰려고 했을까?

언니가 물었다.

네?

내가 물었고,

읽으면 되는 것을, 나는 왜 쓰려고 했을까?

아무튼 지훈이는 이제 너—무 멀리 있는 사람이 되어서 다시 볼 일이 없을 것 같아. 마치 텔레비전을 보는 기분이었어. 아니, 그러니까 그 언니네 집에서 또 좋았던 점은 거기서 야한 책들을 마음껏 볼 수 있었다는 점, 또 그 언니가 이런저런 옷을 하도 많이 줘서 학교에서 거의 패셔니스타로 인정받았다는 점을 들 수 있겠어. 옷을 잘 입으니까 내가 연예인이 되려는 줄 아는 애들도 있었지. 왜 그러고 다녀? 하는 말을 지겹게 들어왔는데 거기서 해방된 거야.

나의 첫 애인이자 마지막 애인은 솔직한 사람이었다. 지금은 헤어졌지만 나는 그를 미워하지는 않는다. 역시 이해가 되고 안 되고는 중요하지 않은 경우. 그를 처음 만난 때는 내가 장기 해외여행을 떠난 친구네 집에서 펫시터를 하고 있던 중으로, 아파트 인근 산책로에서 비슷한 시간에 계속 마주치자 말을 걸어왔다. 그와 나는 어느 날부터 같이 개들과 함께 산책을 했고 사귀게 되었다. 약속했던 석 달이 지나고 내가 다시 내 집으로 돌아온 후에도 별로 달라진 건 없었다. 만나서 밥을 먹고 차를 마시고 산책을 하고 사랑을 나눴다. 그러다 내가 처음으로 집에 그를 데려온 날 그는 화들짝 놀랐다. 거짓말! 그가 외쳤고 거짓말이지? 그가 물었다. 바닥에 털썩 주저앉아 로봇의 표정을 지

었다. 분명히 친구의 집이고 친구의 개라고 했음
에도 내 처지가 비슷할 거라 짐작한 모양이었다.
혈압이 높았다면 무슨 일이라도 났을 거야. 후에
나는 그쯤에서 끝난 것을 다행이라고 생각했다.

아무튼 나는 언니가 얼마간 빈 문서만 바라보
고 있거나 ㅈㅅ뮵ㅍ뭉릐ㅏ;ㅓ쟈고머ㅏㅣ;ㅣㅏ
ㅇ레ㅑㅇ라ㅓ이ㅏ로머ㅏ오려오ㅎㅍ촘나ㅓ머
노ㅓ숀ㄱ펼s라고 써놓거나 해도 언니를 믿는다.
나는 나의 날들을, 언니는 언니의 날들을 살고 있
는 중이니까.

5

우리나라에서 두 번째로 긴 터널에 가는 날이
다. 한파주의보가 내렸고 강수확률은 0퍼센트다.
언니가 조수석에 타고 나는 뒷자리에 탔다. 두 사
람이 내게 거기가 상석이라 놀렸다. 재한 씨는 언
니에게 궁금한 게 많았다.

작업 시간 정해두고 하세요?

네.

지금 원래 작업 시간 아니에요?

지금은 글쓰기에 애매한 시간이에요.

늘 애매하죠?

어떻게 아셨죠.

그래 보였어요.

하.

앗, 화나셨어요?

네.

어쩌죠.

글쎄요.

첫 번째 휴게소 도착 전에 과연 두 사람은 싸울 것인가.

재한 씨는 꿈 있나요.

제 꿈요?

네. 바라는 것.

그냥 가볍게 사는 거요.

가볍게요?

네. 가벼운 생활을 하는 것.

오.

내가 감탄하자

이미 충분히 가벼워 보이시는데.

언니가 말했다.

지금인가? 지금 싸움이 시작되는 건가? 했을 때 재한 씨가 그럼 성공이네요, 했다.

성공하셨어요.

언니가 재한 씨를 바라보며 웃었다.

저 길 끝에 제가 열 살 무렵 살던 집이 있어요.

서울을 벗어나고 얼마간 더 달렸을 때 재한 씨가 말했다. 여기가 어디지, 하며 창밖을 내다보는데 언니가 심드렁하게 말했다.

거짓말.

아, 어떻게 아셨지.

저번에 고향 얘기 해주었었잖아요.

언니가 말했다.

오 기억하네요.

재한 씨가 말했고 나는 배가 살살 아파오는 것을 참으며 둘이 나누는 이런저런 얘기들을 들었다. 휴게소에서 우동으로 간단한 요기를 한 뒤엔 1990년대부터 2000년대 인기곡들을 들었다. 언

니가 늘 듣는 노래도 연달아 나왔다. 천 번쯤 삼키
고 또 만 번쯤 추슬러보지만 말하고 싶어 미칠 것
같은데…….

천 번쯤 삼키지는 못 하지. 열 번 정도 삼키지.

언니가 말하고,

재한 씨는요?

재한 씨에게 물었다.

저는 두어 번.

저는 천 번씩 만 번씩 삼켜요. 왜 못 삼켜요?

내가 말하자 두 사람이 웃었다.

언니는 두 번째로 긴 그 터널 진입 전의 풍경들
과 나오고 나서의 기분을 궁금해했다. 그리고 그
끝에 마침내 도착할 지점을 궁금해했다. 우리는
그 터널을 통과하는 것이 목적인 채로 출발했기
때문에 나 역시도 우리가 그 터널을 통과한 뒤 결
국 당도할 곳이 궁금했다. 횟집이려니, 생각하긴
했지만.

자, 거의 다 왔네요.

재한 씨가 말했고 터널을 통과하고 나서도 얼마
간 차 안은 조용했다. 각자 어떤 생각에 빠져 있었

을 것이었다. 생각보다 더 오래, 우리는 말없이 달렸고 마침내 언니가 이가리 닻 전망대로 가면 어때요, 하고 말했다. 나는 재한 씨가 아가리요? 하고 하지 않기만을 바랐으나 재한 씨가 더 빨랐다. 재한 씨의 아가리요? 하는 말에 언니는 침착하게 그래요, 아가리요, 라고 말하며 웃었다.

이가리 닻 전망대에는 가족 단위 사람들과 연인들이 많이 보였다. 재한 씨가 화장실에 가겠다며 자리를 비웠고 언니와 나는 전망대 끝을 향해 걸었다. 바닷바람을 맞은 것이 언제인지 기억나지 않았다. 살면서 한두 번쯤 있었으나 기억이 희미했다. 별말 없이 천천히 걷고 있는데 한 가족이 사진을 찍으며 곤란해하고 있었다. 자꾸 한 명씩 빠진 가족사진이 되는 것. 언니는 그들에게 다가가 '사진 찍어드릴까요?' 하고 물었고 가족들은 좋아했다. 언니는 흔쾌히 카메라를 넘겨받아 한쪽 무릎을 굽혀가며 사진을 찍어주었다. 몇 장 더 찍을게요! 언니가 말했고 그 가족들은 다양한 포즈를 취했다. 그러자 그 모습을 본 옆에 있던 커플이 언니에게 조심스레 사진을 요청했다. 언니는 또 흔쾌히 그들의 카메라를 넘겨받아 사진을 찍어주었다. 나는 슬그머니 그 커플 뒤에 줄을 섰다. 잠시후 인기척에 뒤를 돌아보니 내 뒤로 세 팀이 더 줄을 섰고 나는 눈을 질끈 감았다. 나 때문에 이렇게 되고 만 것. 지친 언니는 시퍼레진 손을 벌벌 떨 지경이 되었으나 줄을 선 모든 팀의 사진을 찍어주었고, 시선 저 끝에서 다른 가족이 포착되자 멀리서 웃고 있던 재한 씨를 향해 도망치듯 뛰었다. 뛰면서 흘린 소지품들은 내가 주웠고 거기 있던 아이들이 우리를 보며 꺄르르 길게 웃었다.

책임감이 남다르십니다.

재한 씨가 그렇게 말하며 언니에게 따뜻한 캔 커피를 건넸다. 언니는 커피를 마시지 않고 두 손으로 감쌌다. 재한 씨가 언니의 사진을 찍어준 것을 끝으로 횟집으로 가서 해산물을 먹었다. 재한 씨는 아버지 댁에서 자고 내일 낮에 오겠다며 떠났다. 거기서 멀지 않은 곳이 재한 씨의 고향이었다. 언니와 나는 숙소에 짐을 풀고 몸을 뉘었다.

언니, 터널 어땠어요.

아, 그게. 넌 어땠니.

저는 터널을 어떻게 뚫었을까, 난 여기 운전 못 하겠다, 그런 재미없는 거 생각하고.

아, 나 실은 잤어.

네?

잤어. 오늘 너무 일찍 일어났잖아, 우리.

그건 그렇지만.

내일도 거길 지나쳐 가나? 그러면 좋을 텐데.

아.

잤지만, 난 거길 지나쳐 왔고, 그건 변치 않는 사실이야. 그것 때문에 괴로워하지 않겠어.

나는 엎드려 누워서 커튼을 검색하기 시작했다.

하지만 그걸로는 고작 한 줄 정도 쓸 수 있겠지.

언니는 그렇게 말한 뒤 잠들었고 나는 그날 밤 마침내 커튼 주문에 성공했다. 그런 밤이었다. 이상한 밤이라고 할 수 있는. 우리나라에서 두 번째로 긴 터널을 지나 바닷가에 가서 커튼을 주문하는 이상한 밤이었는데 나는 그럴 수도 있지, 생각하는, 맥락은 좀 없지만 전혀 이상하지 않고 아니, 이상하면 또 어때, 하늘이 무너진 것도 아니잖아. 그런 생각을 하던 그런 밤이었다.

12월

1

어제 언니의 동생이 다녀간 일.

언니의 동생은 언니 방 커튼이 촌스럽다며 새 커튼을 사 왔다. 내게 팔짱을 끼며 88! 잘 있었냐! 하고 말했고 언니 방 커튼의 촌스러움에 대해 내가 동의하길 바랐다. 그리고 이 방은 얼마냐고 물어왔다. 나는 500에 40이라고 말해준 다음 언니의 동생에게 그럼 언니 집은 얼마예요? 하고 물었다.

다 빚이지 뭐. 돈이 없어서 집을 못 사잖아 요즘.

그래서 얼마냐고. 왜 말을 못 해? 왜 나한테만

물어보고 언니는 말 안 해줘요? 말은 못 했다.

J는 남편 잘 만나서 편히 살잖아. 나만 고생이야, 맨날. 나도 J처럼 살았어야 했는데. 이미 늦었지 뭐. 88, 년 결혼도 하지 말고 아이도 낳지 마.

나는 언제 88이 되었지. 결혼하고 아이 낳으라는 것과 같은 말을 들은 기분이었다. 맨날 60점을 받는 사람은 몰라. 100점 받다가 95점 받은 사람의 기분을. 언니의 동생은 냉장고 문을 열고 콧노래를 흥얼거리면서 말했다. 오렌지 주스를 꺼내 먹은 뒤에는 내 의자를 밟고 올라가 언니 방 커튼을 바꿔 달고 갔다. 아, 괜히 왔네. 재미없다. 가기 전엔 묘한 표정으로 그렇게 말하기에 나도 불쾌한 표정을 지어 보였다. 언니는 동생이 가고 나자 동생이 바꿔 단 커튼을 다시 바꿔 달았다. 나는 언니가 커튼을 바꿔 달 때 의자를 잡아주었다.

황태국을 끓여 저녁을 먹은 뒤에 슬리퍼를 끌고 슈퍼에 갔다. 많이 쌀쌀해져서, 슬리퍼를 신는 것은 오늘이 마지막일지도 모른다고 생각했다. 요즘은 여섯 시쯤이면 해가 진다. 늦은 시간이라 슈퍼 앞에 노부부는 없었다. 아이스크림을 샀다. 추울 때는 아이스크림이 더 먹고 싶다. 오늘은 돈 생각을 하지 않고 먹고 싶은 것, 말하자면 제일 비싼 아이스크림으로 샀고 언니가 좋아하는 것도 샀다.

2년 전 이맘때를 떠올린다. 그날의 날씨가 돌아오면 그날이 같이 오는 법. 연말이라면서 사람들이 모였다. 할머니가 돌아가시고 1년쯤 혼자 지내다가 처음으로 사람들을 만나러 나간 자리였다. 사람들을 한번 보고 싶었다. 할머니와 살던 집을 빼면서 돌려받은 보증금으로 그동안 할머니의 병원비로 고모에게 빌린 돈을 갚았다. 그래도 7천만 원 정도의 빚이 남아 있었다. 2만 원의 현금과 통장에는 408원이 있었다. 사람들에겐 모두 기쁜 일들과 슬픈 일들이 있었다. 나는 오랜만에 고기와 채소를 먹으며 별말 없이 그 이야기들을 들었다. 새벽이 온 지 한참, 사람들과 인사를 나누며 헤어졌고 나는 고시원으로 돌아가지 않았다. 이제 난 어디로 가지? 지난 시간들을 돌아보며 얼마간 벤치에 앉아 있는데 집에 간 줄 알았던 언니가 다시 왔다. 그러고는 내게 꾸깃꾸깃한 종이 한 장을 내밀었다.

이거 너 해.

이게 뭐예요?

3등에 당첨된 복권이야.

아, 괜찮아요, 언니. 저 이제 이런 거 필요 없어요.

왜?

내가 아무런 대답을 하지 못하고 있을 때 언니는 나를 데리고 언니의 집으로 갔다. 언니는 내게 따뜻한 밥과 국과 물과 아이스크림과 새 칫솔을 주었다.

내일 같이 방 보러 가자. 우리 동네면 좋겠어.

나는 언니가 준 복권 당첨금으로 고시원에서 나와 보증금 100에 월 25만 원짜리 방을 얻었고 카페에 취직했다. 카페 아르바이트를 하기엔 나이도 많고 경력도 없었으나 운 좋게 일을 하게 되었다.

나도 커피를 늦게 시작했거든요.

아, 네.

어떻게 살았는지, 조금 말해줄 수 있어요?

네?

그 나이에 경력도 하나 없고. 불편하면 말 안 해

도 돼요.

40대 후반이라는 카페 주인이 내게 물었고 나는 조금 머뭇거리다가 내가 살아온 이야기를 했다. 짧게 줄이지 못해 중간중간 이제 그만할까요, 하고 물었을 땐 주인이 편하게 말하라고 했다. 말하는 중간에 두어 번 울었으나 어쩔 수 없다고 생각하며 말을 이었다. 집으로 돌아와서는 괜한 이야기를 했다고, 아마도 떨어졌을 거라고 생각했지만 시간을 다시 되돌린대도 거짓말을 하거나 돌려 말하고 싶진 않았다.

[합격입니다. 교육을 좀 받을 수 있지요?]

나는 문자를 받자마자 언니에게 가장 먼저 소식을 알렸다. 언니는 왜 나보다도 기뻐했을까? 왜……라고 생각하면서 오전엔 커피를 배우고 오후부터 밤까지 일했다. 돈을 모았다. 앞으로 10년쯤 더 갚으면 될까. 그렇게 빚을 갚으며 500에 40짜리 방으로 옮겨 왔다. 이 집이 그 집이고, 이 슈퍼는 그 집 앞에 있는 슈퍼. 그날은 딱 이 정도로 쌀쌀한 날이었다. 어제의 쌀쌀함도 내일의 쌀쌀함도 아니고 딱 오늘 정도의 쌀쌀한 온도와 바람. 나만 알 수 있는 똑같은 날씨를 만나면 나는 잠시 그 어느 날로 돌아간다. 돌아가서 따뜻한 밥과 국과 물과 아이스크림과 새 칫솔을 떠올린 뒤 다시 나온다.

그러고 보니 10월에 이른 눈이 내린 후로는 대부분의 날이 좋았다. 가끔 내가 자고 있는 사이 비가 내렸고 미세먼지도 없는 깨끗한 날이 이어졌다. 그런 볕이 좋은 한낮의 슈퍼 앞에 종종 할머니와 할머니의 친구가 앉아 계셨다. 걸어서 5분쯤 가면 있는 빌라 앞에 늘 앉아 계시던 할머니였다. 두 분이 친구셨구나, 했더니 다 친구지 뭐. 슈퍼 주인 아저씨가 말했고 할아버지는 통 보이질 않는데 혹시 몸이 안 좋으신 건지 물었더니 남해로 여행을 가셨다는 얘길 전해주었다. 조만간 할머니까지 독일로 가실 거라고 했다. 슈퍼 앞 캠핑 의자는 그대로. 그대로 둘 거라고 하셨다. 그대로 두면 또 누군가 와서 앉을지도 모른다는 이야기였다.

2

아침 기온 2도, 낮 최고 기온 9도. 버스 운전석 옆 바에 우산 다섯 개. 그동안 쌓인 분실물인 듯하다. 도롯가에 심긴 조경 나무들엔 모두 '생육 상태 관찰 중'이라는 안내판이 걸려 있었다. 자라나는 것을 바라봐주니 좋은 것. 관찰하는 사람도 좋을 듯하고.

지난주 기록엔 이 정도만이 적혀 있고 이번엔 언니가 동행을 제안해왔다. 우리는 시금치 된장국을 끓여 아침밥을 먹었다. 광역버스를 타기 전에 근처 미용실에 들러 머리를 했다. 형제 사이라는 두 명의 디자이너가 우리를 맡았다. 둘 다 앞머리를 망치고 나와서 한참을 웃었다. 어릴 땐 앞머리가 세상의 전부였던 적도 있었으나 지금은 그냥 자라려니 한다. 풍경은 언제나 우리를 기분 좋게 하고 우리는 겨울 외투를 입은 사람들을 지나쳐 마을버스를 타고 지하철로 갈아타고 다시 광역버스를 기다렸다. 한 여자가 다가와 버스비를 좀 달라기에 잔돈을 찾는 동안 여자가 떠나갔다.

좋아하는 동물이 없는 사람도 있을까.

있지 않을까요.

난 너무 많아.

좋아하는 동물이요?

응. 사람들은 좋아하는 동물이 많다고 하면 그러려니 하고 좋아하는 동물이 없다고 하면 놀란다.

그래요?

응. 물론 아닐 수 있겠지만 내가 직접 실험해본 바로는 그랬어.

그런 얘기를 나누며 시도의 경계를 넘었다. 버스 안엔 다섯 사람 정도가 있었고 조금 졸리는 듯했지만 막상 눈을 감으니 잠이 오지 않았다.

동그랗고 새까만 것들이 몇 개 달린 나무에 새들이 날아와 앉았다.

감일 것 같아요.

내가 말했고 언니는 고개를 끄덕였다. 골목 어귀 슈퍼에서 꼬깔콘과 두유 두 상자를 샀다. 매번 잊고 두고 온 밤조림 통을 가져온 참이다. 주인아주머니 집에 들러 두유를 드렸다. 집에서 편히 입

는 원피스와 화려한 색상의 누빈 조끼를 입고 계
시던 아주머니는 목도리만 두른 채로 우릴 따라
나오셨다. 내가 살던 집에 사시는 할머니는 우리
를 반갑게 맞았다.

심심했어?

아니.

심심하다고 사람 들이고 그러면 안 돼. 얼마 전
에 나 반지 하나 잃어버렸잖아. 아무래도 그 사람
같은데 물어볼 수도 없고.

옆 동네 산다는 사람?

응. 홍시를 가져왔길래 심심해서 내가 들였거
든.

조심해야 돼.

응.

저 에어컨 아주 새거네.

응. 손녀 친구가 올여름에 갖고 와서 달아줬어.
천장에 에어컨 달린 집으로 이사 간다고, 작년에
산 건데 필요 없다고.

그렇다고 그걸 그냥 줬어?

응. 그냥 줬어.

고맙네.

저거까지 평생 에어컨은 두 대뿐이야. 전에 거 한 25년 썼고 이제 이거 쓰다가 죽어야지.

죽긴 뭘 죽어.

나는 할머니께 두유와 꼬깔콘을 드렸다. 왜인지 할머니도 편한 원피스와 조끼 차림이었다. 언니와 나도 저런 모습이 될까. 마름모로 누벼진 조끼가 단단하고 따뜻해 보였다. 할머니는 우리에게 줄 게 없다고 말하며 고추장 세 통을 꺼내 왔는데 통의 모양이 모두 달랐다.

다 다른 집 거거든.

자꾸 와서들 주고 가잖아.

좋지 뭐.

이건 아직 너무 안 익었고 이건 너무 달고 이건 너무 매워.

이렇게나 집마다 다 다르구나, 하고 있을 때 할머니가 커다란 양푼을 가져왔다.

섞어보려고.

제가 할게요.

언니가 양푼에 고추장 세 통을 들이붓고 저었다.

와, 생각보다 엄청 힘들어요.

그사이 주인아주머니가 통을 모두 씻어 왔고 나는 키친타올로 물기 없이 닦았다. 먹어보자, 하며 모두 새끼손가락을 펴 수저에 묻은 고추장을 맛보았다.

됐다. 이제 됐다.

할머니가 고개를 끄덕이며 주인아주머니에게 한 통, 언니와 내게 한 통을 주었다.

딱 맞다.

라고 말하며 고추장을 냉장고에 넣는 할머니.

딱 맞다라는 건 끝내준다는 뜻이야.

주인아주머니가 말했다.

모두 감기를 조심하자는 말을 끝으로 현관을 나섰다. 버스정류장 앞 『교차로』 보관함엔 빈 담뱃갑과 찌그러진 콜라와 커피 캔이 가득했다. 쓰레기들을 바로 옆에 있는 공공 쓰레기통에 버리자 마지막 한 부가 모습을 드러냈다. 나는 거기 서서 흘러내린 콜라와 커피가 묻어 있는 『교차로』를 살살 넘겨 본 뒤 제자리에 넣어두고 돌아왔다.

아홉 살이었나. 내가 집에 불을 낸 적이 있거든. 동생이랑 불장난을 하다가 아빠 성냥으로 휴지를 태웠어. 비빔밥을 해 먹곤 했던 양푼에 휴지를 넣고 불을 붙였는데 그게 너무 활활 타올라서 당황을 했던 것 같아. 그렇게 가까이서 불을 본 건 처음이었거든. 동생이 소리를 지르면서 집 밖으로 뛰어나가고 나는 동생의 뒷모습을 바라보다가 마시다 만 우유를 부었는데, 너무 놀라서였는지 그냥 방바닥에 부어버렸던 거야. 그러고는 또 놀라서 우유가 담겨 있던 컵으로 양푼을 쳐버렸어. 양푼이 엎어지면서 꺼져가던 불씨가 다시 방바닥에 있던 물건들로 옮겨붙기 시작했어. 나는 그대로 집에서 뛰쳐나왔고 옆집에 가서 문을 두드렸지만 그 집엔 아무도 없었어. 동생은 보이지 않았고 나는 내 가족의 모든 것을 불태웠고 다시 집에 어떻게 들어갔는지 그런 건 잘 기억나지 않아. 가족들은 나를 싫어했던 것 같아. 아무도 내게 괜찮다고 말하지 않았고 그 후로 하루가 멀다 하고 혼이 났어. 딱히 잘못한 게 없는 거 같은데도 집에서는 늘 실수하는 인간, 큰일을 저지른 모자란 인간이 되었어. 잊고 살다가도, 차근히 할 일을 하며 살다가도, 누가 뭐라고 하지 않았는데도 종종 그날을 떠올리면 죄인이 되어 아무것도 할 수 없는 날들을 보냈어. 없던 일이 되길 바라는 건 아닌데. 서른 즈음에 알았어. 내가 큰 잘못을 저질렀더라도 엄마에겐 따뜻한 말을 듣고 싶었다는 걸. 그래서 열심히 엄마 곁에 있었지. 그러다 1년 전에 이 돈이면 집 한 채를 살 수 있을까? 다 타버린 사진들은 되돌릴 순 없지만 집은 살 수 있지 않을까, 하면서 살던 원룸의 보증금을 더해 그동안 모은 돈을 모두 엄마에게 주고 나온 어느 날에 너를 찾아갔어. 집을 사기엔 턱없이 부족한 돈이긴 했지만 내 전부를 두고. 엄마 집에서 나와 서울로 돌아왔고 해는 져가는데 그날 밤은 도저히 혼자 있기가 어렵겠더라구. 혼자 있으면 안 되겠다, 그런 생각이 들었어. 이 이야기를 다시 할 일은 없을 거야. 이런 이야기를 계속하는 것보다는 말없이 한번 우는 게 나은 것 같네. 그치?

아뇨.

나는 할머니가 입던 스웨터 두 벌을 꺼냈다. 언

니와 나는 그걸 하나씩 나눠 입고 밤 산책에 나섰
다. 언니는 할머니의 스웨터 위에 외투를 걸치며
부럽다, 짧게 말했다.

3

　일을 하는 중에 재한 씨에게 전화가 왔다. 아이
와 함께 개를 산책시키러 나왔는데 카페가 바쁘지
않으면 들르겠다는 이야기였다. 나는 상가 회의가
있어 어떻게 될지 모르겠다고 답장을 보냈다.

　[그럼 보면 보고 안 보면 안 보는 걸로 합시다]

　[네]

　출근길에 무릎을 심하게 다친 카페 사장님 대신
내가 상가 회의에 참석하기로 했다. 영이 씨의 커
피 실력이 더 좋아 그렇게 되었고 아무래도 혼자
서는 곤란할 수 있어 급히 언니에게 연락을 해 잠
시 도와주기로 얘기가 됐다.

　[언니분까지, 고마워요! 난 일단 병원에 갔다가 집
으로 왔고 우리 카페는 이번에 다른 의견은 없어요.

안건만 잘 적어오길 부탁해요]

사장님이 메시지를 보내왔다. 나는 재한 씨를 보지 못하고 회의 장소로 갔다. 상가 지하에 위치한 휴게실이었다.

상가 사람들과는 오며 가며 인사를 하고 지내왔지만 달리 대화를 나눈 적은 없었다. 조금 일찍 내려갔더니 상가 회장님과 미용실 사장님만 나와 있었다.

안녕하세요. 저희 사장님이 다치셔서 대신 왔어요.

인사를 하고 구석에 앉았다.

잘 왔어요. 여기 오면 노래부터 한 곡 해야 해요.

네?

휴게실 한쪽 벽에 노래방 기계가 있었고 천장엔 미러볼이 달려 있었다. 순간 무슨 노래를 하지, 하다가 어색한 웃음을 짓고 있을 때 편의점 사장님이 들어왔다.

편의점 왔네. 오면 노래부터 한 곡 해야 해요. 여기 있는 사람들 다 한 곡씩 했어.

그래? 맥주 가져와?

편의점 사장님은 관자놀이를 긁으며 휴게실 안을 둘러봤다. 카레집과 마카롱 가게, 세탁소, 사무실 한 곳, 약국과 공부방과 부동산 사장님까지, 불참을 알려온 몇 군데를 제외하고 모두가 자리에 앉았다. 차례로 사람들이 들어올 때마다 상가 회장님은 지금 온 사람 노래부터 한 곡 해야 해요. 여기 있는 사람들 다 한 곡씩 했어, 하는 말을 반복했다. 나는 문득 집 앞 4층에 사는 앵무새를 떠올리며 혼자 웃었다. 이미 당한 사람들은 회장님의 농담에 말을 얹어가며 동조했는데 부동산 사장님은 웃기지 마! 회의나 해! 소리를 질렀고 카레집 사장님은 이거 거짓말이죠? 그죠. 하면서 앉아 있는 사람들과 일일이 눈을 마주치는 식으로 대답을 받아냈다. 15분이 지날 때까지 회의는 시작되지 않았고 사람들은 알로에 주스와 당근 주스를 나눠 마셨다. 그러면서 알로에에 대한 이야기 10분, 당근에 대한 이야기도 10분쯤 나눴다.

교회는 빠지는 적이 없는데 오늘 왜 안 나오셨지?

촬영 가셨대요.

촬영?

네. 배우 하시잖아요.

와, 대단하시네.

버킷리스트셨대요.

버킷리스트?

네. 버킷리스트.

오늘의 안건은 평수가 넓은 쪽이 얼굴을 조금 붉히며 불만을 터트렸으나 결국엔 받아들여졌다. 나는 꼼꼼히 회의 내용을 받아적었다. 회의가 끝나자 혼자서 운영하는 가게 사장님들이 후다닥 자리를 떴다. 남은 사장님들은 각자의 근황을 슬며시 꺼내놓았다. 나는 그들의 이야기를 열심히 들었다. 부동산 사장님의 사이버대학 수강기, 인테리어 사장님의 취한 척하다가 걸린 이야기가 특히 좋았다. 누군가 짜장면을 시켜 술이나 먹자고 했는데 농담인 듯했고 회장님은 이제 가자, 이제 가서 일하자며 양을 몰 듯 사람들을 문밖으로 내보냈다. 다 같이 계단을 오를 때 나는 부동산 사장님에게 물었다.

사장님, 혹시 나이가 어떻게 되시는지 여쭤봐도

될까요?

　물론. 이제 내년이면 쉰여섯 돼요.

　그럼 작년에 입학하신 거예요.

　그렇죠. 몇 살인지 물어봐도 돼요?

　내년이면 서른여섯이에요.

　젊어 좋겠다. 뭐든 할 수 있겠어.

　근데 현실은……

　그렇긴 한데 왜? 괜찮아요. 그냥 해요.

4

　크리스마스를 앞두고 언니가 세 가지 소식을 전해왔다. 2년 전 3등에 당첨된 이후 단 한 번도 당첨되지 않았던 복권을 당분간 그만 사겠다는 소식, 그리고 소설 한 편을 썼다는 소식과 대학원 원서를 넣었다는 소식이었다. 나나 재한 씨에겐 새로운 소식은 없었다. 나는 남은 빚과 대학 입학에 대한 생각을 아직 정리하지 못했다. 서두르지 않고 소화할 수 있을 만큼씩 생각하고 싶다. 별거 아닌 이야기지만 언니가 로또 사기를 그만둔 대신 내가 사기 시작했다. 아주 가끔 사던 것을 매주 사 보기로 했다.

재한 씨 아이의 성장은 늘 새로운 소식이었다. 우리는 점심 즈음 전에 함께 공원 캠핑장으로 반나절 겨울 캠핑을 가기로 했다. 이것이 새로운 소식이라면 소식이고 언니와 나에겐 인생 첫 캠핑이다. 재한 씨는 캠핑용품을, 언니와 나는 먹을거리를 준비하기로 했다. 정육점에서 고기를 넉넉하게 사고, 파를 구워 먹기 위해 키우던 파의 마지막 두 뿌리를 뽑았다. 믿기 어렵겠지만 파들은 아직 죽지 않고 살아 있었다.

사는 게 엄청 재미있는지는 잘 모르겠지만 다만 캠핑 의자에 앉아 무언가를 먹으며 두서없는 이야기들을 늘어놓는 재한 씨와 언니를 바라볼 수 있다는 것을 다행이라 여긴다. 잘 먹고 잘 자는데 친구들과 캠핑까지 한다면 그것이 장수비결 아닌가 하는 것. 재한 씨 아이가 성장하는 이야기를 들으며 우리의 어릴 때를 더듬어보는 것. 할머니의 기일에 함께 있어주고 우리의 생일에 좋아하는 음식을 나눠 먹는 것. 재한 씨는 언니와 내가 아이였을 때의 이야기를 들으면 아이를 조금 더 이해하는 데 많은 도움이 되어 늘 고맙다고 말했다. 주위 텐트에서도 이야기는 끊이지 않았고 아이들은 춥거나 말거나 아랑곳하지 않고 뛰어다녔다.

와, 너무 좋네요. 감격하고 있을 때, 어디선가 생일 축하 노래가 들려왔다. 누군가의 생일인 모양이었다. 나는 서둘러 주머니에서 하모니카를 꺼내 생일 축하 노래를 연주했다. 몇 사람이 뭐야, 누가 뭐 틀었어? 하고 말했다. 연주가 끝나고 나는 하모니카를 재빨리 주머니에 집어넣었다. 우리 셋은 고기를 구워가며 채소를 먹었다.

다음에는 자학하는 이야기를 쓰고 싶어요.

자학이요?

네. 저는 뭔가를 극복했다, 그런 게 다 허상 같거든요.

그래도 자학은 좀 그렇지 않은가요?

그런가.

언니는 골똘히 생각에 잠겼다.

아무래도 그런 걸 쓰면 안 될까요?

글쎄요.

흠.

그렇지만 일단 써봐요. 지금은 지금 이야기를 쓰고 다음엔 다음 이야기를 쓰는 거지요. 뭔가 두려운 게 있죠?

언니는 잠시 말이 없었고, 우리는 라면을 끓일 준비를 하면서 계속 강 쪽을 바라보았다.

저 사람들 낚시를 하네요.

그러네요.

여기 물고기가 많다고 하더라고요.

낚시는 한 번도 안 해봤어요.

다음에는 낚시하러 갈래요?

좋지요.

준비해야 할 것들을 말해주면 우리가 준비할게요.

그럼 좋고요.

맞다. 유리 방에 커튼 새로 단 거 봤나요?

아뇨. 아직요.

왜요.

유리 씨가 보여주질 않았는데 제가 어떻게 봐요.

재한 씨의 말에 우리는 웃었다. 언니는 재한 씨가 웃긴 말을 하게 만들어주는 말을 잘했다. 나는 주문한 수량의 두 배나 되는 커튼 링이 배송되어 문의 전화를 넣었더니, 혹시 몰라 더 넣었다는 대답이 돌아왔다는 이야기를 들려주었다.

좋은 이야기네요,

재한 씨가 말했다. 우리는 올해가 가기 전에 하고 싶은 것을 하나씩 말하기로 했다.

제가 쓴 글을 같이 읽어줬으면 해요.

전 크리스마스에 아이와 함께 놀이공원에 가줬으면 해요.

수아가 좋아할까요?

네. 벌써 물어보긴 했어요. 같이 못 갈 수도 있지만 같이 간다면 어떻겠냐고. 좋대요. 그러고 싶대요.

그럼 갑시다.

언니가 말했고,

고맙습니다.

재한 씨가 말했다. 나로서는 유치원 때 이후로 놀이공원엔 한 번도 가본 적이 없어서 괜히 설레는 마음이 들었다.

유리 씨는요?

전, 전 조금 이따가 말할게요.

그래요.

혹시 밥 드실 분?

밥 너무 좋죠.

끓는 물에 라면을 넣은 재한 씨가 작게 음악을 재생시켰다.

클래식인가요?

네. 세미 클래식.

너무 좋네요.

라면 앞에서 사진 한 장 찍읍시다!

무엇보다 싫은 게 바로 사진 찍는 거였는데, 왜 이렇게 잘 나왔지, 생각할 때 장소랑 날씨가 다 했네요! 재한 씨가 말했다.

다음에 와서 내 방 커튼 구경해요.

다음에 언제요?

재한 씨에겐 좀 늦었지만 요즘 나는 여기저기 커튼을 샀다고 얘기하고 다닌다. 별것도 아닐 테지만 나에겐 얘기할 만한 일. 영이 씨는 내게 커튼 회사에 다니던 전 애인 덕분에 집에 커튼이 열 세트가 넘는다며 이 얘길 하려면 24시간이 모자랄 거라고 말했고 또 카페 사장님은 난 커튼이 없다오. 전엔 블라인드를 쓰기도 했었지만, 하고 말했다. 누구든 커튼에 대해서라면 커튼이 없더라도 한 마디씩은 할 수 있고 어떤 사람은 하루도 말할 수 있겠구나. 그런 걸 알게 되었다.

아무리 생각해도 올해가 가기 전에 하고 싶은 것은 없다. 이제 나는 무언가에 대해 억지로 괜찮다는 말은 하지 않고 그냥 살아가는 것이 목표. 지난날의 나를 잊으려는 것은 아니다.

다 끓은 라면을 나눠 먹고 있을 때 옆 텐트에서는 하모니카 소리는 대체 어떻게 된 거냐며 범인 수색에 나섰다. 근데 너무 좋지 않았어? 그 말을 들으니 기분이 좋았고 한 번 더 불어볼까, 생각하면서 라면을 먹었다. 일단 거기까지. 누군가 무엇인가가 좋다고 말하고, 나는 밥을 먹는 것까지. 밥을 잘 먹고 잠을 잘 자고, 그게 사는 것이 아닌가, 그런 생각을 했다. 희망이라는 단어를 자주 쓰거나 대단한 미래를 꿈꾸며 살지는 않지만 내가 바꿀 수 없는 것들은 어차피 바꿀 수 없고 오늘 나는 그 어느날의 나보다 괜찮으니까. 가진 것을 생각하면.

5

이번 해를 이틀 남기고 재한 씨가 새로운 소식을 들고 찾아왔다. 언니와 나는 매운 라면에 순두부를 넣어 막 저녁을 먹으려고 마주 앉던 참이었다.

파가 없네, 파가.

그놈의 파.

하면서 불을 끄자마자 소주 일곱 병과 마른 오징어와 아이스크림을 사들고 등장했다. 외투를 걸어두고 우리는 소주를 따랐다. 얼굴이 빨개진 재한 씨가 왜인지 쓸쓸해 보였다.

무슨 일 있어요?

어떻게 아셨지.

일단 좀 드세요. 저녁 안 먹었죠?

네.

오래된 창문 틈으로 겨울바람이 들어왔다. 재한 씨에게 커튼을 좀 보라고 했더니 유리 씨 같은 커튼이라고, 딱 유리 씨 같다는 말이 돌아왔다. 성공이다, 하는 생각이 들었다. 종일 할머니를 떠올린 것을 빼면 어느 날과 크게 다르지 않은 하루를 보내고 있었다.

소설은 이메일로 보내줘요.

무슨 뜻이에요?

재한 씨 아버지의 건강이 갑자기 악화되어서 고향으로 가게 되었다는 이야기. 일단 모레 바로 떠난다는 이야기. 급하게 가게 되어 내일은 바쁠 것 같고 집에 가는 길에 들렀다는 이야기. 집에 가는 길에 들를 곳이 있어서 너무 고맙다는 이야기. 그리고 이거, 하면서 재한 씨가 작은 상자를 하나 내밀었다.

음, 이게 뭐예요?

생일 선물.

우리는 우리 앞에 있는 술과 음식을 다 먹고 노

래방에 가기 위해 집을 나섰다. 밖에는 눈이 오고 있었고 노래방엔 빈방이 없었다. 근처 세 곳을 가 보았으나 모두 같은 상황이어서 서로의 집과 중간 인 우체국 앞에서 헤어지기로 했다.

먼 곳에 친구가 있으면 좋대요.

왜요.

여행할 이유가 되어준다고, 어디선가 그런 말을 들었어요.

좋은 말이네요.

아버님 잘 돌봐드리고, 수아랑 재한 씨도 밥이 랑 잠 잘 챙겨요.

네. 크리스마스에 재밌게 해주셔서 수아가 몹시 그리워할 거예요.

우리도 같은 마음. 고마웠어요.

이모들 엉망이라고 하지 않던가요?

엉망은요.

휴.

잘 있어요. 놀러오고요.

잘 가요.

언니와 적당한 거리를 두고 걸으며 집까지 걸었

다. 아무 말 없이 걸을 때마다 들리는 발소리가 겨울의 소리구나, 싶었고

술을 조금 더 마실까?

언니가 묻기에

좋아요.

하고 대답했다. 집으로 돌아와서는 사온 맥주들을 냉장고에 넣었다. 언니가 방을 정리하는 동안 나는 설거지를 했다. 문득 올려다 본 싱크대 위 선반에 놓인 시계가 멈춰 있었다. 나는 설거지를 다한 뒤에 수명을 다한 건전지를 갈아 끼웠다.

언니, 지금이 몇 시죠?

응?

지금이요, 지금.

11시 38분. 그런데 재한 씨는 왜 오늘을 네 생일로 알고 있지?

모르겠어요.

모르겠지만, 고마웠다. 조금 이상하지만 고마운 마음. 언니가 냉장고에서 맥주를 꺼내는 사이 나는 정확하게 맞춘 시계를 다시 선반 위에 내려놓았다. 이제 제대로 가네, 하고 언니가 말했다.

고유한 삶

한영인

1

이주란의 소설을 읽는 독자는 자신도 모르는 사이 누군가의 속마음을 엿보는 자리로 옮아간다. 하지만 엿보는 자리에 선 독자들은 그녀의 소설이 완벽한 일기의 형식을 빌려올 때조차 온전한 관음의 쾌락을 허락받지 못한다. 거기서 고백의 내밀한 핵심은 끝내 발설되지 않기에 독자는 모든 것을 읽은 후에도 인물이 품고 있는 어떤 비밀로부터 여전히 간격을 두고 떨어져 있을 수밖에 없기 때문이다. 화자가 겪은 모종의 사건이 "그 일"이라는 대명사로 거듭 환기될 뿐 끝내 정체가 밝혀지지 않는 「일상생활」(『한 사람을 위한 마음』, 문학동네, 2019)이 대표적인데, 그와 같은 비밀은 이주란의 거의 모든 작품 안에 편재해 있어 그녀의 소설에 나타나는 은폐된 공백의 자리를 함부로 발설될 수 없는 외상적인 '실재the Real'의 흔적으로 읽게끔 유도한다.

하지만 그 은폐된 비밀의 자리는 이주란 소설이 지닌 특유의 신비가 발원하는 원천이기도 하다. 독자들은 작품에 등장하는 "그 일"이 어떤 일인지 결코 알 수 없지만 그럼에도 종내 "그 일"이라고밖에 표현될 수 없는 어떤 경험의 외상성에 기꺼이 연루된다는 것, 그리고 끝내 좁혀지지 않는 그 거리에서 소외가 아니라 이해의 순간이 발생한다는 것, 이것이 이주란의 소설이 품고 있는 대표적인 신비이다.

그 신비는 서사의 원근법이 만들어내는 깊이에 일상의 부력浮力을 대립시키는 과정을 통해 더욱 증폭된다. 흔히들 개인이 획득하는 삶의 깊이는 지나온 삶의 내력을 구조화하는 전략에 달려 있다고 말한다. 그래서 사람들은 과거에서 미래로 향하는 시간이라는 축에 경험이라는 또 다른 축을 덧대어 지나온 시간에 지나간 일들을 교차시키거나 미래의 시간 속에서 앞으로 자신이 서 있을 위치를 가설적으로 정박시키곤 한다. 이주란의 소설에는 그런 확고한 좌표의 흔적이 드물다. 그녀의 소설은 플롯이 전개되는 과정에서 발생하는 서사의 내적 응집력보다 무심한 듯 배치된 에피소드의 병렬이 도드라지기 때문이다. 사건이 경험이라는 파편적인 질료를 서사적으로 가공함으로써 의미를 산출해내는 공정이라면 에피소드는 총체적인 종합과 거리를 둔 채 구체적인 정서를 환기하기 위해 활용된다. 이주란 소설의 진가를 음미하기 위해서는 그녀가 에피소드를 능란하게 활용하는 과정에서 발생하는 정서의 향연에 초점을 맞춰야 하는 이유가 여기에 있다.

2

이 작품은 주인공 유리가 3개월에 걸쳐 써내려
간 기록이다. "처음엔 살기 위해 썼"(10쪽)다는 말
에서 알 수 있듯 유리에게 글쓰기는 일상의 단순
한 기록의 의미를 넘어 죽음 쪽으로 자꾸 기울어
가는 자신을 삶 쪽으로 거듭 돌려 세우려는 노력
의 일환이다. 삶과 죽음을 가늠하는 위태로운 경
계 위에 서 있는 글쓰기라고 하면 거친 질감의 실
존주의적인 고뇌가 담겨 있을 법하지만 정작 그녀
가 쓰는 글에 어떤 "대단한 내용"(51쪽)이 담긴 것
은 아니다. 거기에는 함께 음식을 만들어 먹고, 산
책을 하고, 가끔 예전에 살던 집이 있는 마을을 들
러 그곳 주민들의 삶을 지켜보는 장면이 고요하게
서술될 뿐이다.

유리의 사정에 대해서라면 비교적 자상한 소개
가 제공되어 있다. 부모님이 없는 그녀는 3년 전
함께 살던 할머니가 돌아가시면서 혼자가 되었
으며 20,408원의 잔고와 7천만 원가량의 빚밖에
남지 않았던 그녀에게 언니가 먼저 손을 내밀어

함께 살게 되었다거나, 지금은 커피숍에서 일을 하며 조금씩 집을 넓혀가고 빚을 갚아가고 있다는 사실을 우리는 문면을 통해 쉽게 확인할 수 있다. 하지만 이런 사항들은 한 인물이 처한 외적인 조건을 드러낼 뿐이어서 그녀가 지닌 고유함의 징표를 찾기 위해서는 다른 곳으로 눈을 돌려야 한다. 가령 함께 사는 언니가 꿈을 꾸었다고 하자 검색해보지만 내용이 좋지 않자 굳이 언니에게 말하지 않는 장면은 그녀가 타인의 마음과 기분을 섬세하게 고려하는 사람이라는 걸 알려준다. 유리는 파를 키워 먹는 일이 합리적이지는 않지만 돌이켜보면 무척 기분 좋은 기억으로 남을 것 같다는 예감에 마음을 내어주는 사람이고 "시원하게 몸을 씻고 편한 옷으로 갈아입고 내 방에 누워 있으면 수많은 사람 중의 하나가 아니라 나 자신이 되는 기분"에 젖는 사람이며 스스로 솔직하지 못하다고 생각하면서 천 번씩 만 번씩 속에 있는 말을 삼키는 사람이다.

　그 중에서 특히 우리의 눈길을 끄는 것은 유리가 "나 자신이 되는 기분"에 대해 서술하는 장면이

다.("여러 모습으로 여러 마음으로 종일 말하고 움직이다가, 몸과 마음에 아무것도 없이 오로지 나인 채로. 살아 있는 상태로 나 자신이 되고 내 세상이 되는 것."[37쪽]) 이 고유함에 대한 감각이 이 작품의 핵심 테마를 이루고 있기 때문만은 아니다. 보다 중요한 것은 이 작품에 드러나는 고유함에 대한 감각이 특수성에 대한 존중을 포함하지만 동시에 끊임없이 차이를 증폭시키며 개별화하려는 강박과 거의 무관하다는 데 있다. 유리와 언니의 동거생활은 그와 같은 고립을 낳는 개별화와 다른 특수성에 대한 존중이 구체적인 삶의 국면에서 어떻게 나타나는지를 잘 보여준다.

유리는 "누군가와 함께하고 싶어 하면 나약한" 것이며 자꾸만 "스스로 일어서"(33쪽)야 한다는 사람들의 요구에 모욕감을 느꼈던 일을 떠올리면서 언니와 함께 사는 일의 기쁨에 대해 여러 번 언급한다. 부모가 없고 할머니마저 돌아가신 유리에게 혼자됨은 자립이나 독립이기 이전에 고립이자 소외의 두려움으로 다가온다. 그녀는 일체의 사회적 관계를 무화시키고 개별적인 주체의 자조自助

만을 강조하는 신자유주의적 능력주의에 맞서 연결과 연대의 온기를 갈망하는 인물이기도 한데 작품 속에서 언니와의 동거 생활을 통해 그려지는 연결과 연대의 모습은 우리가 흔히 생각하는 것과 조금 다르다.

예컨대 유리와 언니는 산책을 할 때 함께 시작하지만 종내 함께 걷지는 않는다. 둘이 걷는 속도가 달라 사이가 벌어지면 그 거리를 억지로 좁히지 않고 그대로 둔다. 하지만 그 거리는 소외나 몰이해의 간극으로 표상되지 않는다. 현존하는 눈앞의 거리는 미래에 함께 집으로 돌아올 가능성을 잠재하고 있고 유리는 그 잠재하는 가능성만으로 충분히 만족한다.("집으로 같이 돌아갈 이가 있다는 게 이렇게 마음 좋을 일인가."[33쪽]) '함께' 걷는다기보다 함께 '걷는' 이런 산책은 영화를 볼 때도 마찬가지다. 둘은 함께 영화관에 가서 서로 다른 관에서 영화를 보고 나오는데 이 역시 '함께' 영화를 본다기보다 함께 '영화'를 보는 것에 가깝다. 이런 장면에서 엿볼 수 있듯 둘 사이의 동거는 많은 것들을 '함께' 하기로 기대되는 연인이나 부부

사이에 수행되는 동거 형태와는 다르다.

이런 동거 형태를 뭐라고 부르면 좋을까. '쉐어하우스'라는 그럴듯한 이름이 있지만 이는 집이라는 물리적 공간을 공유할 뿐 여기서 드러나는 것과 같은 마음의 나눔을 전제하지 않는다. 언니가 "우리도 가족 같은 건가?"(49쪽)라고 말하는 대목은 둘 사이를 대안적인 가족의 모델처럼 바라보게 만들지만 이때의 가족은 끝내 벗어날 수 없는 운명적인 천륜의 굴레로부터 자유로운 동시에 단자화된 개인들의 자족적인 주체성과도 무관하다. 유리와 언니는 서로를 돌보지만 그 과정에서 상대의 고유함을 자신의 욕망으로 물들이지 않는다. 그러면서도 부드럽고 따뜻하게 공존하는 둘의 동거는 화이부동和而不同에 담긴 뜻이 일상에서 구현된 드문 장면처럼 보인다.

스스로의 온전함을 추구하면서도 타자와 유대의 온기를 나누며 공존하는 삶에 대한 희구는 작품의 시작부터 역력하게 드러난다. 작품의 첫 문장은 "모르는 사람들이 내게 괜찮다, 말해주네."(9쪽)인데 여기서 목적어는 의도적으로 생략되어 있다.

그 비어 있는 목적어를 한번 채워보자. 이때 가장 먼저 떠오르는 것은 '나'라는 명사이다. "(나를) 모르는 사람들이 내게 괜찮다, 말해주네." 혹은 "(내가) 모르는 사람들이 내게 괜찮다, 말해주네." '나를 모르는 사람들'이든 '내가 모르는 사람들'이든 공통적으로 '내가 살아온 삶의 내력'에 대해서는 무지할 수밖에 없다. 실제로 타인에 대해 잘 알지도 못하면서 이런저런 말을 함부로 건네는 사람들에 대한 염오의 감정은 우리에게 이미 익숙하다. 그렇지만 여기서 그 문장은 잘 알지도 못하면서 함부로 괜찮다는 말을 내뱉는 타자의 폭력을 고발하기 위해 동원된 것이 아니다. 중요한 것은 '나'에 대한 타인의 앎의 수준이 아니라 어쩌면 모든 무지에도 불구하고 혹은 그 무지를 기꺼이 딛고 발화되는 위로의 건넴에 있기 때문이다.

그런 점에서 이 작품의 진정한 주인공은 그동안 유리의 삶과 직접적인 관련을 맺지 않았던, 그 수많은 "모르는 사람들"인지도 모른다. 거기에는 유리를 "88"(90쪽)이라고 부르는 언니의 동생처럼 제멋대로인 사람도 있지만 303호의 문을 다시 노크하기 미안해서 하릴없이 기다리는 주인집 아주머니처럼 마음 여린 사람도 있고 파 없이 고깃국을 먹으면 미친다는 말을 한 것에 책임감을 느끼고 언니에게 파 키트를 선물해준 낯모르는 누군가도 자리한다. 언니에게 저 말을 해준 것으로 짐작되는 노부부와 장춘자 할머니는 역시 '모르는 사람들'의 일부로서 작품 안에 깃든다. 그들은 모두 서사적인 사건의 구성요소라기보다 서정적인 풍경처럼 유리의 삶을 느슨하게 감싸며 존재한다. 거기서 유리가 모르는 사람들 혹은 유리를 모르는 사람들과의 마주침은 유리로 하여금 삶이 끊임없이 이어지고 있다는 연속의 감각을 부여한다.

3

그 연속의 감각에서 '어디에나 있는 작은 따뜻함'이 솟아난다. 절망은 그것이 온전히 자신만의 것이어서 이를 이해할 사람이 존재하지 않는다는 고립감 속에서 더욱 증폭된다. 그렇지만 우리의 삶을 일으켜 세우는 것은 나를 완벽하게 이해해주는 사람이 있어서가 아니라 어디에나 있는 작은 온기를 기꺼이 감지할 수 있는 독특한 마음의 눈이 아닐까. 파 키트를 선물해준 언니의 친구에 대해 고맙고 섬세한 사람이라고 생각하거나 달을 보기 위해 자꾸 걸음을 멈추는 남자를 향해 덕분에 자기도 아름다운 달을 보게 되어 고맙다는 말을 속으로 건넬 때, 우리는 유리가 세계를 대하는 독특한 마음의 형식을 지니고 있음을 안다.

그 독특함은 때론 엉뚱하고 때론 발랄하지만 그 모든 것들이 모여 유리라는 한 인물의 고유함을 구성해낸다. 유리는 언니가 방에 새로 단 커튼을 보며 "언니의 모든 것은 언니 같다."(23쪽)고 생각하는 장면이 대표적이다. '언니의 언니 같음'은 언뜻 동어반복처럼 보이지만 결코 불필요한 군말이 아니다. 존재와 존재의 속성이 일치되는 것을 발견한 순간 그 존재 전체에 대한 애틋한 긍정이 발생하기 때문이다. 그렇지만 이때 방점은 긍정보다도 애틋함에 찍힌다. 유리와 언니는 모두 쓸쓸한 체념을 통해 그와 같은 긍정에 도달한 사람들이기 때문이다. 부모로부터 사랑을 받지 못한 언니는 자신의 삶이 "온전히 편안한 인생은 아닌 느낌이 들지만, 이대로도 괜찮도록 살아봐야지, 할 뿐"(54쪽)이라고 말하며 유리 역시 "희망이라는 단어를 자주 쓰거나 대단한 미래를 꿈꾸며 살지는 않지만" "오늘 나는 그 어느 날의 나보다 괜찮"(114쪽)다고 스스로를 다독인다. 중요한 것은 유리와 언니가 그와 같은 마음을 서로 공유하고 인정해주는 타자로서 존재하며 서로의 삶에 온기와 용기를 나눈다는 데 있다. 삶을 계속 살게 하는 힘은 완벽한 이해나 뜨거운 사랑이 아니라 어떤 존재를 염려하는 애틋한 마음에서 비롯된다는 사실을 우리는 이 소설을 읽으며 깨닫게 된다.

작가의 말

아주 가끔이지만
어느 날엔 혼자서 미래를 그려볼 때가 있다.
그런 일은 없을 거라 단언해왔기 때문에
그때마다 낯선 기분이다.

저곳이었나.
우연히 길을 지나다 그 골목을 들여다본 적이
있다.
어느 정도 나아진 후에야
그 골목을, 내 미래를 바로 보게 되었다.

이 정도까지 나아져야 했구나.

나라는 사람은 이 정도에서 미래를 꿈꿔보는구나.

처음 알게 되었고

그 후로는 대체로 좋은 기분이다.

얼마나 갈지는 모르겠지만

요즘 나는 내가 어쩔 수 없는 일 때문에 괴로

워하지는 않는다.

비슷한 다른 기분들이 들긴 하지만

수용소에서 풀려났기 때문에

그 후로는 대체로 좋은 기분이다.

그리고

좋은 해설을 써주신 한영인 선생님과

처음부터 끝까지

많이 불안했던 내가 마음 놓고 쓸 수 있게

도와주신 윤희영 팀장님께 감사한 마음을 전하

고 싶다.

어느 날의 나

지은이 이주란
펴낸이 김영정

초판 1쇄 펴낸날 2022년 8월 25일

펴낸곳 (주)현대문학
등록번호 제1-452호
주소 06532 서울시 서초구 신반포로 321(잠원동, 미래엔)
전화 02-2017-0280
팩스 02-516-5433
홈페이지 www.hdmh.co.kr

ISBN 979-11-6790-125-5 04810
       978-89-7275-889-1 (세트)

* 책값은 뒤표지에 있습니다.